次期CEOは運命のΩ《オメガ》を逃がさない

つがいたちの寵愛契約

池戸裕子

✦

Illustration

天路ゆうつづ

gabriella books

OMEGABIRTH

オメガバースとは

海外ファンフィクション(二次創作)小説サイト発祥の特殊設定。
男女に加えて「α(アルファ)性」「β(ベータ)性」「Ω(オメガ)性」という「バース性」があり、
合わせて6種類の性が存在する。

バース性のそれぞれの特徴

「バース性」については血液型のように検査することで知ることができる。

α(アルファ)

人口に占める割合は少数。生まれつき優秀な者が多い性。

本作ではα同士の間には必ずαの子を授かる。

発情期のΩのフェロモンにあてられると発情し、女性でも男性器に相当する器官が生成される。

β(ベータ)

人口の大部分を占める。

Ωのフェロモンに左右されづらく、妊娠は女性のみ。男女での結婚が一般的。

Ω(オメガ)

人口に占める割合はごく少数。

一定の年齢を迎えると定期的に「発情期(ヒート)」と呼ばれる妊娠可能期が発生する。この期間はαに訴えかける強烈なフェロモンを発し、男性でも子宮に相当する器官が生成される。

男女ともに妊娠できるが「発情期」は仕事に支障をきたしやすく、定職につきづらい者が多い。

番(つがい)について

- αとΩは「番」と呼ばれる関係性を築くことができる。
- この世界では、αがΩの首、またはうなじを噛むことで関係性が結ばれ、その後発情期のフェロモンは番になったαのみにしか効かなくなる。
- 原則としてどちらかが死ぬまで番は解消されることはない。
- 番関係はαとΩであれば結ぶことができるが、ごくまれに「運命の番」と呼ばれ、たとえ交際相手がいたとしても強烈に惹かれ合う者同士が存在する。

抑制剤について

- 発情期やフェロモンに阻害されず日常生活を送るために開発された薬。
- Ωは薬を服用することでフェロモンを抑制することができるが、体質によって効果には個人差がある。
- Ωのフェロモンに発情しないためのα用の抗フェロモン薬も存在する。

次期CEOは運命のΩ《オメガ》を逃がさない
つがいたちの寵愛契約

contents

プロローグ　秘密の性の目覚め

――まだ気持ちがぐらついてる気がする。何かきっかけがあったら、逃げ出してしまうかもしれない。

口から飛び出そうな心臓をなだめるように、花蓮《かれん》は腕時計を覗《のぞ》いた。繊細《せんさい》な作りの文字盤の隅で、巨大なガラス窓から差し込む夕陽のオレンジ色が、小さく弾《はじ》けている。パーティーのはじまる午後六時まで、まだ三十分も間があった。どうにもできないほど膨《ふく》らみきった緊張に追い立てられるように、予定よりずいぶん早く部屋を出てきてしまった。

花蓮は自分がたてるヒールの音にすら怯《おび》えながら、どこもかしこもピカピカに磨《みが》かれた廊下を歩く。

会場となるクラブの入ったファッションビルは、どの階も花蓮にはまったく手が出ない高額商品ばかりを並べたブランドショップで埋まっている。きらびやかなショーウインドーが視界に入るたびに、自分はここにいるべき人間ではないと思い知らされるようで、また胃のあたりが重たくなった。

（もう一度しっかり全身をチェックすれば、少しは気持ちが落ち着くかも……。あ、あと、ついでに笑顔の練習も！）

花蓮はパウダールームを探して飛び込んだ。

淡いピンクを基調にロココ調で統一された空間を堪能《たんのう》する余裕もなく、パーテーションで仕切られたスペースに向かう。正面にはスタンディングタイプの化粧台が、右手の壁にはつる薔薇《ばら》の装飾で額縁《がくぶち》風に飾られた姿見があった。

鏡のなか、一人になった自分が頼りなげに立ち尽くしている。華やかなドレスアップ姿に不似合いな、微妙に引き攣《つ》った表情《かお》をしていた。

（大丈夫。目いっぱい頑張ったんだから、パーティーでも通用するはず）

花蓮は自分自身に言い聞かせ、頑張ったポイントをひとつひとつ順番に確かめでもする気分で、頭の天辺《てっぺん》から爪先まで何度も視線を走らせた。

いつもは無造作にまとめている真っ黒なロングヘアを、今日は下ろしていた。半年に一度行ければいい美容院で、今夜のパーティーのためにオーダーしたのは、通称『かきあげロング』。前髪をふとかきあげた瞬間目を引くよう、大胆にウェーブをかけてもらった。

続いて服装をチェックする。大判の黒いショールの下は、タイトな黒のワンピースだ。丈は膝上十五センチ。左裾《すそ》に幅広のスリットが入っている。

婚活パーティーだと偽《いつわ》って今日何を着て行けばいいのか相談した相手は、花蓮の大学時代の先輩だった。

『早瀬《はやせ》さんて、女の子にしては背がある方でしょう？　コンプレックス抱く子も多いんだけど、いっそ開き直って高さを強調した方が、よりスラリと見えて魅力的だと思うな』

ファッション誌の編集をしている彼女は、そう言って花蓮にピンヒールを勧めた。十センチも踵《かかと》を上げて歩くのは初体験だったが、ウォーキングの練習をしてきた甲斐はあったようだ。おかげでスタイルが実物の三割増しでよく映る。

　花蓮は鏡に背を向け、軽く身体《からだ》を捻《ひね》って後ろ姿もチェックした。先輩が言っていた通り、特に脚が素敵に見えた。ヒールから甲へ、甲からふくらはぎへと続くラインが適度な緊張感に張りつめ、綺麗《きれい》だった。

　でも、鏡に映った不安げな表情は変わらない。

　桜の梢《こずえ》を若葉の色が覆《おお》いはじめたこの頃は、まだ空気の冷たい日も多かった。今日は少し風もあったが、建物のなかは空調が効いていて暖かい。

　花蓮はもう一度正面を向くと、ゴールドラメの入った黒のショールを、思い切って肩から落とした。あらわになった胸の谷間が目に入ったとたん、慌ててまた脱いだものを引き上げ、上半身を隠してしまった。

（やっぱり大胆すぎ）

　胸もとのVネックは、深すぎるぐらい深かった。バストを強調し、今にも零《こぼ》れそうな膨らみに視線を集めるためのデザインだ。わかっていたはずなのに、花蓮の頰はじわじわと熱くなってきた。

　本日のドレスアップのテーマは、『華やかに。そして、大人の色気たっぷりに』。先輩に手伝ってもらったおかげで、たぶん及第点は取れている。

　喜ばしいことなのに、誰彼かまわず誘惑し、色気を振りまく女に見られる自分への嫌悪感をどうしても拭《ぬぐ》い切れない。

　花蓮にはまだ迷いがあった。だから、しかめっ面がいつまでたっても直らないのだ。

『早瀬さん、身長もあって胸もあるなんて理想的じゃない。顔もね、草食系で大人しめだけど土台が整ってるから。ほら――見て。化粧のし方ひとつで真逆な魅力も引き出せちゃう。実は大学の頃からもったいないと思ってたのよね。もっとお洒落《しゃれ》すればいいのにって』

わざわざ花蓮の部屋までメイクをしに来てくれた先輩の声が蘇《よみがえ》り、バッグから口紅を取り出す。蓋を開けボディを捻ると、深みのある赤色が覗いた。

（この色も、いつもの私なら選ばない色）

ブラウンのアイシャドーにしてもそうだ。花蓮のシャープなアーモンドアイには印象が強くなりすぎる気がするし、チークも濃すぎる気がした。先輩は「あなたのリクエスト以上にエロくて華やかな仕上がりになった」と自信たっぷりだったが、本当に似合っているだろうか？

自分の手で見事に変身させた花蓮を前に、先輩は満足そうな微笑《ほほえ》みを浮かべて言った。

『どこから見ても本気度全開。何が何でも未来の素敵な旦那様を見つけてやるって意気込みを、ヒシヒシと感じるわね』

その通りだった。花蓮は今夜、何が何でも見つけてやるという、揺るぎない決意を抱いている。

ただし、見つけたいのは――絶対に見つけなければならない相手は、未来の夫などではなかった。

「笑顔よ、笑顔」

花蓮は赤いビジューの輝くクラッチバッグを化粧台の前に置くと、唇の両端を指で押し上げた。

「ここまで来たらもう、迷ってる場合じゃないんだから」

（だって、相手が見つからなければ借金を返すあてがなくなる）

今夜失敗すれば、両親と花蓮、家族三人の早瀬家は、悪くすれば一家離散の憂《う》き目にあう。

花蓮が大学二年生の春、父親が事業に失敗し、莫大《ばくだい》な負債を抱えた。経営していた会社と代表者である父が破産することで法律的にはひと息つけたが、借金に縛られた生活からは解放されなかった。債権者のなかには公《おおやけ》にできない非合法な会社――いわゆる闇金もあったからだ。

毎月、容赦なく迫ってくる返済期限に追い立てられ、父も母も早朝から夜遅くまで働いた。

『せっかく入ったんだから、卒業だけはしなさい』

花蓮は両親に説得され退学はしなかったが、ほとんどアルバイト一色の毎日を送った。大学時代、花蓮が少ない服を大事に着回していたのも、靴も鞄《かばん》も必要最低限しか持たなかったのも、美容院にめったに行かずにすむヘアスタイルで通していたのも、お洒落に無関心だったからではない。流行《はや》りのミニマリストを気取っていたのでもない。単純に貧しかったからだ。

卒業後も普通に就職することはあきらめ、昼と夜と、最低でもふたつの仕事を掛け持ちする道を選んだ。その方がお金になったからだ。

でも、そこまで頑張っても二十四歳になった現在《いま》、状況はあの頃とほとんど変わっていない。両親が着々と老いていることを考えると、むしろ悪くなっている。今夜の衣装のレンタル料を捻り出すことさえ、ひと苦労だった。

だから――。

（——だから私は、もっと高額な報酬を望める仕事に就く決心をしたの）

その仕事を与えてくれる相手を見つけるために、パーティーに参加するのだ。そう。今夜、このビルの地階で開かれる秘密のパーティーに。

と——、パウダールームの扉を開く音がして、きゃいきゃいとにぎやかな若い女性の声が飛び込んできた。花蓮はハッと背筋を伸ばした。気を取り直し、化粧を直す手を再び動かす。

「夕ごはんの前に買い物したいんだけど、つき合ってくれる？」

花蓮とはパーテーションを挟んだ向こう側、最上階のシネコンで映画を観たらしい二人連れのおしゃべりは弾んでいる。

「妹の誕生日プレゼント買いたいの。今元気ないから励ましたくて」

「妹さん、今年、中三だっけ？　何かあったの？　あ——わかった！　ひょっとして失恋？　ありがち〜」

「違う違う。もうすぐ『アレ』が届くから」

口紅を塗り直していた花蓮の手が、『アレ』の言葉に反応し、止まった。

「ああ……、バース性《せい》の判定通知書ね」

それまで軽かった口調のトーンが落ちた。

「なら無理ないね。生まれる子供はほとんどがベータとはいえ、オメガの可能性も何パーセントかあるんだし。通知が届いてベータの文字を見るまでは、私も落ち着かなかったなあ」

「通知書が届いた次の日に学校行くと、みんなそれとなく探り合うんだよね。ひょっとしてこのなかにオメガの子がいるんじゃないかって」

「オメガの子は大抵隠すからね。そこのところは、アルファの人が堂々と発表しちゃうのとは反対だよね。……ねぇ、もしも、もしもだよ？　妹さんがアルファだったらどうする？　その可能性もゼロじゃないでしょ？」

「え〜。そうなったら、家族あげての大宴会だな。誕生パーティーの三倍は豪華なやつをぶち上げる」

「だよね〜。宝クジに当たったみたいなもんだもんね」

花蓮の口紅を持つ手に力が入って、赤色が唇からはみ出そうになった。

もしも地球上に男と女だけなら、恋愛も結婚も人生そのものも、もう少し楽にクリアできるだろうに。

しかし、この世界には、男女に加えて『第二の性』とも呼ぶべき三つの性がある。

――すなわちバース性だ。


ひとつはアルファ。

次にベータ。

そしてオメガ。


人口の多くを占めるのが、ベータ性。すべての能力において、ごく平均的に生まれつく。

対するアルファ性は、頭脳的にも肉体的にも、あらゆる点で人並みはずれて優れていた。いわば生まれつきのエリートだ。容姿にも恵まれ、人の心を惹《ひ》きつけるカリスマ的魅力をも兼ね備えているため、彼らのほとんどは社会的に地位の高い仕事に就いていた。特異な能力としては、たとえ女性であっても、条件が揃えば相手を妊娠させる生殖器を機能させることができる。

そして最後が、オメガ性。アルファ同様、めったに生まれないもうひとつの希少性だ。

ただしこちらはアルファとは逆に、男女を問わず妊娠し、子供を産む能力があった。

自分がどの性なのか調べるための血液検査は、国によって義務づけられている。正しい判定が下せる年齢になると――中学三年に進級してすぐの春に一斉に行われ、結果は本人に書面で通知される。

花蓮は、オメガだった。

(どうしてオメガなんて性があるんだろう?)

アルファと判定されるのは宝クジに当たったようなものだと、皆が言う。

だが、オメガに対してはまるで違った。妊娠、出産とは別にもうひとつ――オメガにしかないある厄介な体質ゆえに世間の人々からの印象は良いとは言えず、もしオメガと診断されれば、クジはクジでもとんでもない貧乏クジを引いてしまったショックからしばらく立ち直れなくなる。

花蓮もそうだった。父も母もベータなのだ。よもや自分がオメガだとは、夢にも思っていなかった。

パーテーションの向こうでは、いささかしんみりした様子で女性たちが囁《ささや》いている。

「オメガだったらどうしよう?」

「その時は慰めるっていうか……励ますしかないんじゃない。将来大変だろうけど、家族は味方だからねって」

自分も母に同じ言葉をかけられた思い出が蘇り、花蓮は胸が苦しくなった。彼女たちの会話に追い立てられるようにパウダールームを出た。

ぞくっ。

エレベーターホールに向かおうとした花蓮の足が止まった。

一瞬、小さな震えが身体を駆け抜けた気がしたのだ。

（うそ？）

背筋と脇腹を同時に柔らかなもので撫で上げられるような……、自然と身を捩《よじ》りたくなるその感覚には、覚えがあった。

（どうして？　フェロモンを抑える薬はちゃんと飲んできたのに？）

思わず俯《うつむ》き動けずにいると、身体の芯にまた微《かす》かな震えを感じ、花蓮はショールの前を慌てて掻《か》き合わせた。

バース性の判定通知が来る年頃になると、オメガの身体にはある厄介な生理現象が訪れる。個人差はあるが、ほぼ月に一度の周期でフェロモンを発するようになるのだ。

そしてそれは、アルファ性を強く惹きつける。時として本来フェロモンを感知しないはずのベータ性までも暴走させるほど、強烈なものだ。アルファもオメガも自分の意思に関係なく、互いの肉体を求め合わずにはいられなくなる。

フェロモンが出ている数日から一週間の間は『ヒート期』と呼ばれ、オメガは男性でもこの間だけ体内に子宮に当たる器官が作られ、妊娠できる。一方、その匂いに当てられたアルファの女性には男性器に相当する突起物が生成される。つまり、オメガなら同性間でも子供を授かることができるのだ。

オメガ性が『繁殖のための性』と呼ばれ、敬遠される理由のひとつだった。

運の悪いことに、花蓮はパーティーの今日、ヒートを迎えてしまっていた。

(私は発情期なの)

じっと佇《たたず》む花蓮の、ショールを握る指に力が入った。

『ヒート』などと澄ました言葉で誤魔化《ごまか》しても、現実はそうだ。

(私たちは発情するの。オメガはフェロモンを垂れ流している間、それに惹かれて寄ってくる相手なら、誰かれかまわず動物みたいに欲しがるの)

なぜ、私はオメガなのか?

花蓮は何度悲しく恥ずかしく、悔しく思ったかしれない。

ヒートが原因で生活に支障をきたし、安定した仕事に就けない者も多かった。そのことでアルファとは対照的に社会における地位が低くなることも、オメガ性が下に見られる理由のひとつだ。だから、自分がオメガであることを進んで公表する人間は、めったにいない。花蓮も周囲に嘘をついてきた。両親と、ある一人の親しい人間を除けば、皆、花蓮をベータだと思っている。

周りを騙《だま》し続けるためには、ヒート期を知らん顔して乗り切る必要があった。

オメガのフェロモンを抑える方法はいくつかあるが、そのうちのひとつが抑制剤を飲むことだった。平穏な日常を送るため、薬局でも市販されている。

だが、フェロモン抑制剤があればすべての問題が解決するわけではなかった。よく効く薬は高価で、経済的に豊かでなければ飲み続けることはできない。安いものにはそれなりの効果しか望めない。また、価格以前に薬自体、体質によって合う合わないがある。適切な分量にも個人差があった。なかには薬をまったく受け付けない不幸なオメガもいるので、安価な種類で抑えられている花蓮は幸運だった。

（ずっと飲んでる薬なんだもの。効かないはずないよね）

ヒート中の花蓮は、今日も飲んできた。そうしなければフェロモンのせいで出歩くことも危ういからだが、服薬が今日のパーティーの参加ルールでもあったからだ。

《当日がヒート期に当たる場合は、抑制剤を服用してきてください》

今夜、秘かに集まってくるオメガに向けての『パーティーのご案内』には、そう明記されていた。だから花蓮はきちんと守ったのだ。それなのに――？

花蓮は細く息を吐き出した。フェロモンに肉体《からだ》が少しずつ蝕《むしば》まれていく時の、あのぞわぞわした震えはもう感じられない。強張《こわば》っていた肩から、やっと力が抜けた。

（きっと、緊張しすぎて神経が高ぶってるせいだわ）

やはり気のせいだったと自分に言い聞かせる。

ようやく顔を上げた花蓮は、ふと左手の壁に目を留めた。

全面巨大スクリーンになったそこには、カラフルな色彩に溢《あふ》れたお洒落なコマーシャルメッセージが次々と映し出されている。このビルに入っている店舗の宣伝や、全店あげての催し物の告知だ。

つい見入っていると、スクリーンに一人の男性が大写しになった。

美しい男性が、七月にリニューアルオープンする屋上のビアガーデンを紹介している。

「あ……、泉貴臣《いずみたかおみ》」

（ここ、泉ビルディングの施設だったんだ？）

泉ビルディングは、国内最大手の不動産デベロッパーだ。たとえば都内に限っても、名の知られた建物のほとんどが泉ビルディングによって開発・運営されていた。

泉の名を冠した企業がトップを獲《と》っているのは、何も不動産業界に限らなかった。日本の産業界をひとつの庭にたとえるなら、広大な敷地の隅々にまで根を張り、どの花壇でも一番美しい花を咲かせている。それが国内一の組織力を誇る泉グループだ。

（『泉帝国』って呼ばれてるぐらいだもの。すごすぎて、もはや漫画の世界だよね）

国民の資産の分布をピラミッドでイメージしてみる。グループを動かす人々、すなわち泉一族は間違いなく三角形の頂点を含む天辺《てっぺん》の位置にいる。花蓮のような借金を背負った庶民には、見上げても雲海に邪魔されその足元さえも拝めない天上の国だ。

泉一族に名を連ねる者は誰もが一目置かれるが、なかでもトップ芸能人以上の騒がれ方をしているのが、この泉貴臣だった。おかげで彼のプロフィールは、花蓮に聞く気がなくても勝手に耳に入ってくる。

帝国のプリンス、泉貴臣。

現ＣＥＯの一人息子だからといって、すんなり後継者になれるほど世の中は甘くない。実際、彼の父親も優秀な候補者たちとの熾烈《しれつ》な争いに勝ち残り、トップの椅子を手に入れた。

ところが泉貴臣は二十八歳という若さでありながら副社長の肩書きを持ち、すでに次期最高責任者として周囲に認められているという。

なぜなら彼が――『アルファのなかのアルファ』だからだ。

実はアルファ性の間にも優劣がある。互いに競い合うことで大幅な能力向上を期待できるのも、アルファの特性だった。貴臣は高校、大学とアルファ専門の教育機関で学んだが、在学中、全教科成績トップの座を明け渡したことは一度もなかったと聞く。

アルファの誰もが納得せざるを得ないほど優秀なアルファだからこそ、グループの後継者として認められるだけではない。彼の代には泉グループはさらなる飛躍発展を遂げるに違いないと、期待されてもいるのだ。

『プリンス』という単語はきらびやかでリッチな響きだけの、中身のない使われ方をされることも多いが、彼の場合は違う。グループの未来を託された、正真正銘のプリンスだった。

（まあ……、あのルックスだもの。それだけでも騒がれるのはわかるけどね）

映像のなかの貴臣を見つめる花蓮の目が、眩《まぶ》しげに瞬いた。

一九〇センチ近い長身にふさわしい、長く伸びやかな手足。均整の取れた肉体を描く輪郭は、日本人好みにほどよく筋肉質だ。何より彼はどんなに遠くからでも、どれだけ大勢のなかにいても目を引くだろう、とびきりの美貌の持ち主だった。顔立ちも例外なく整ったアルファのなかでも、特別に磨き込まれた美しさだ。

イケメンは正義だ。アルファもベータもオメガも関係なく、女性たちは皆、心を奪われる。花蓮の友達にもファンはたくさんいた。オメガの男性のなかには、貴臣の子供なら産んでもいいと夢見る者もいるらしい。

花蓮も素直にカッコいいと思う。

（綺麗なのと男らしいのと、神レベルのバランスよね。見つめられたらきっと、何もしゃべれなくなるぐらいドキドキする）

目の前に本人がいないのに、花蓮の胸はざわめく。

（でも……、私はこの人が好きじゃない）

あれは、結婚の特集をしたテレビ番組のインタビュー企画だった。

マイクを向けられ、自身の恋愛観について語る貴臣の言葉に、画面のこちら側で聞いていた花蓮の心は揺れた。

『私はアルファであることに誇りを持っています。人より優れた力を授かり生まれてきたのは、その力を社会に還元するためです。であるなら、アルファはアルファと結ばれるべきでしょう。互いに刺激し合い切磋琢磨《せっさたくま》することで、より能力を高めることができる』

彼は美しい顔に、完璧な微笑を浮かべて続けた。

『それに、アルファ同士の間には必ずアルファの子供が生まれますからね。アルファの人口比率を上げるのにも貢献できます。私にはオメガをパートナーに選ぶのは、理性が本能に負けた結果としか思えないんです。アルファとして未熟であることを証明するようなものです』

あの時の彼の一言一言がいつまでたっても頭の片隅に居座り、何かの拍子に顔を覗かせる。自分が言われたような気持ちになって、花蓮は落ち込んだ。

聞きようによっては傲慢《ごうまん》とも取れる内容でも相手を納得させてしまうだけのオーラが、泉貴臣にはあった。だが、花蓮はどうしても自分の性が見下されているように感じてしまう。

身勝手なのはわかっている。花蓮自身、フェロモンに振り回される性を恥ずかしく思い、『繁殖のための性』と呼ばれるのに抵抗を覚え、オメガであることを隠し続けてきたのだ。

そんな自分が彼の言葉に傷つくのは、わがままだ。

それでもオメガの気持ちを推し量れない人たちに同情されたり、嘲笑《わら》われたり、蔑まれたりする筋合いはないと思う。

（……だから、あの人は嫌い）

自分がオメガと知ってからの花蓮は、大人になるにつれ考えるようになった。

オメガであることは隠しても、せめてこの性を売り物にするのだけはやめようと。定職を見つけられないオメガのなかには、フェロモンを武器に稼げる仕事に就く者が少なからずいるのだ。

他人がどうしようが、花蓮に批判するつもりはない。ただ、自分は嫌だった。身体だけでなく心も一緒に切り売りするようで、想像するのも辛《つら》かった。

あれこれ思い返しているうち、気づけばパーティーの時間が迫っていた。花蓮の止まっていた足が、小走りになった。

（——馬鹿みたい！）

強く引き結んだ唇に、自嘲の笑みが浮かんだ。

（忘れちゃったの？　パーティーに出るって決めた時、私は今までの私を捨てたんじゃない。切り売り上等！って腹をくくったんでしょ？）

今夜、パーティーに集まるのはオメガだけではなかった。ヒエラルキー上位である、アルファも参加する。

パーティーで花蓮が見つけたいのは、将来素敵な夫になってくれそうな男性ではなかった。

自分と愛人契約を結んでくれる『ご主人様』だ。

高い報酬と引き換えにセックス込みのおつき合いをする。それも、ヒート期にしか体験できないフェロモン全開の。

『お嬢さん、あんた、両親と同じベータか？　アルファじゃなさそうだけど、ひょっとしてオメガじゃねぇよな？　オメガならラッキーだぜ。オメガにしかできない金の稼ぎ方ってのがあるからな』

そう言って、借金取りは花蓮に今夜のようなパーティーがあることを教えてくれた。

借りた金を返す方法がほかにないとしても、今日ここに来ることを選んだのは花蓮自身だ。泉貴臣の考え方に文句を言う資格は、もうない。

（あの人は、こんなパーティーにはまったく用はないんだろうな）

貴臣ならわざわざ自ら探しに出向かなくとも、報酬をもらうどころかお金を払ってでも愛人になりたい女性は大勢いるに違いなかった。

アルファ以外と結婚しないと宣言をしている彼は、職場でも自分の周りにオメガは置かないという噂《うわさ》だ。スタッフは優秀な人材で固めたいからだろうが、その一方で面倒の種にしかならない存在は最初から排除してしまおうという、いかにも貴臣らしい考え方もあるに違いない。だとすれば、愛人もオメガは対象外に決まっている。

「あっ」

エレベーターに乗り込んだ花蓮は、よろけて壁に手をついた。アルファを落とす武器のつもりで履いてきたハイヒールが、無様に傾《かし》いでいた。

(逃げ出すわけにはいかないんだ。お父さんたちのためにも、もっと強《したた》かにならないと!)

しっかりしろと、花蓮は自分を鼓舞した。

だが、必死の決意とは裏腹に、花蓮の両手は我知らず羽織ったショールをますますしっかり身体に巻き付けていた。

アルファを誘惑するために装った、今夜の自分を誰にも見られたくないとでもいうように——。

第一章　本能を揺さぶられた夜

「お待ちしておりました。受付は早瀬様で最後でございます」

開始時間ぎりぎりに慌てて飛び込んだその店は、普段はアルファ専用の社交場であるらしい。愛人が欲しいアルファと、愛人になりたいオメガと、両者を取り持つパーティーを主催するのは、会場ともなっているここ、会員制のナイトクラブだった。

店の入口を入って正面の黒大理石のカウンターでは、ホールへの大扉を背に初老の男性が微笑んでいた。姿勢のいい、気品のあるクラシカルなスーツ姿の彼は、一流ホテルの支配人と紹介されても余裕で通りそうだった。

「どうぞこちらをお持ちください。オメガの方には、皆様、目立つところにつけていただいております」

名札がわりだというブローチを差し出され、花蓮はバッグを預けた手でそれを受け取る。

「すごい綺麗。百合《ゆり》の花ですか？　素敵ですね」

「ありがとうございます」

「綺麗だけど……？　え？　これ……本物？」

「もちろんでございます」

百合の花をモチーフにしたそれが、本物のダイヤモンドとルビーで作られた品と知り、花蓮の目は丸く見張られた。

「特注品です。名札がわりですから、お客様によってデザインも色も、異なるものをご用意しております。もしお気に召されましたら、パーティー終了後にお持ち帰りいただいてもかまいませんよ」

さらりとそう付け加えられ、花蓮は二度驚いた。

簡易な番号札で済むところを、何万――いや、きっと何十万円もするだろうジュエリーを代わりにするなんて。そのうえ参加証か記念品のように扱うなど、今まで噂にも聞いたことがなかった。もし耳にしたとしても、都市伝説扱いして信じなかっただろう。

（パーティーが会員サービスのひとつだとしたら、ブローチを作ったお金も会費から出てるってことだよね？　いったいどれだけの額を払ってるんだろう？）

花蓮のなかに、いよいよ自分が住んでいるのとは別の世界に――アルファの支配する彼らのテリトリーに踏み込んだ実感が湧き上がってきた。

大扉を見上げ、花蓮はこくりと息を呑《の》む。

（あの扉の向こうも、きっと私なんかの想像じゃ追いつかないぐらいゴージャスなのよね）

天井も床もテーブルも椅子も、ありとあらゆるものがブローチの百倍は光り輝いているのだろうか？

どれほど抑えつけようとも高まり続ける緊張感と闘いながら会場に入った花蓮だったが、

「――ええ？」

いきなり暗くなった視界に戸惑った。

（あの……？　よく見えないんですけど？）

薄いベールでも一枚、鼻先に下ろされたようだった。立食式の会場は夜になる少し前の、迫りくる夕闇を思わせるとろりとしたオレンジ色に包まれていた。二、三十人ほどの人影の見えるホールの中央には、ドリンクと軽食を提供する巨大なサークル状のカウンターがあった。壁にそってボックス席が並んでいる。

それにしても暗すぎる。凝った内装や高級インテリアをもっとじっくり眺めて堪能したくても、できない。

愛人契約が目的のこのパーティーには、絶対的なルールがあった。それは、相手を選ぶ権利は金を払う立場のアルファにのみあるということだ。ゆえにアルファには、事前にオメガ全員のプロフィール資料が渡されるが、オメガにはそれがない。オメガはアルファの名前や年齢はもちろん、仕事も肩書も教えられていないのだ。

そして、アルファの参加者のみ仮面をつけていた。アルファのなかには世間に顔を知られた者も多い。そのため後日面倒なトラブルやスキャンダルに巻き込まれないよう、皆、目元か、顔の上半分を隠すかしている。

気に入ったオメガが見つかったアルファは、翌日、クラブを通して本人にその旨を伝える。一人のオメガに希望が集中しないよう、面倒な調整はクラブ側がするらしい。

建前上、オメガに断る権利はある。だが、パーティーに申し込んだ時点で、誰が相手であっても承諾する暗黙の了解があった。

つまり、今宵は出会いの場を謳《うた》いながら、その実、アルファが自分の愛人にするオメガを見つけるためだけに開かれたパーティーなのだ。当然、容姿の好みは、相手を選ぶのにもっとも大きな判断基準になるはずだった。

（でも、こんなに暗くちゃかなり近づかないと相手の表情《かお》だってよくわからないんじゃない？）

何だか変だ。想像していたのと様子が違う。

「皆様、本日はパーティーへのご参加ありがとうございます」

花蓮の不安をかき消すように、司会の挨拶がはじまった。マイク越しの声が会場内に響き渡る。

眼鏡をかけていることや恰幅《かっぷく》のいい年配の男性であることは知れるが、やはり細かな表情までは目を凝らしてもわからない。彼はフロア内を給仕係が回っているので、何でも言いつけてほしいと言った。

「お客様の方に御用がなければ、こちらからお声をおかけすることはありません。貴重なお時間のお邪魔は決していたしません」

彼はやけに力を込めた口調で続けた。

「それでは皆様、ご自由にご歓談ください」

それだけだった。自己紹介の時間もなかった。婚活パーティーのような、アルファとオメガが一対一で話すトークタイムもない。この様子だと、参加者同士が親しくなるためのイベントなどもないのだろう。

(ご自由にって、どうしたら？)

花蓮は焦った。

オメガは徹底して受け身であることを要求されているのに、いったい自分はどう動けばご主人様を見つけられるのか？　こちらからのアプローチは、どこまでが違反キップを切られないのか？　それとも誰かに声をかけられるまで、ひたすら大人しく待っていればいいのか？

トレイに数種類の酒のグラスを載せた給仕係が、幾度も目の前を通りすぎた。花蓮はフロアの中央へと足を進めはしたものの、飲み物を口にするのも忘れ、必死に考えている。

（だけど、ヒートが参加条件でなくて本当によかった）

ふいにそんな思いが湧き起こった。

（もし、フェロモンでアルファを誘惑しろなんて言われたら、私には絶対無理だもの）

いくら借金で追いつめられているとはいえ、パーティーに行く決心はつかなかったに違いない。

花蓮は初めてのヒートの時のことまで思い出してしまい、まだショールに隠したままの身体をそっと抱いた。

胸につけたせっかくのブローチも、見えなくなってしまっている。

花蓮にとっては新しい人生がはじまった運命の時──。

何の前触れもなく訪れたあの時間《とき》の苦しみを思い出せば、今でも頬が熱くなってくる。

急いで用意してあった薬を飲んだが、ほとんど効かなかった。その後、自分に合う薬を見つけ、必要な分量を見極めるまでには時間がかかった。まともに立っていられなくて学校を休んだり、登校はしたものの、授業中、じっとしていられないほど身体が火照《ほて》ってしまい、保健室のベッドに逃げ込んだこともあった。

（あんな……）

たとえば、熱のかたまりのようになった乳房を、痛みを感じるぐらい強く握りしめたくなる。誰かの肌に触れたくなる。他人の体温に包まれたくて堪《たま》らなくなる衝動は、まさしく発情期と呼ぶにふさわしく、花蓮にはただ恥ずかしく、ひたすら辛いものでしかなかった。フェロモン全開の状態など、進んで味わいたいとは思わなかったし、ましてや人前でオープンにするなど、考えられないことだった。

（でも今夜相手が見つかれば、全部吹っ切らなくちゃいけない。その覚悟はつけてきたつもりだけど……）

花蓮はふと、考え込んでいた顔を上げた。

（みんなは？　どうしてるんだろう？）

緊張であたりを見回す余裕もなかったが、ほかのオメガはどうしているのか。自分も見習えばいいことに気がついたのだ。

「――え？」

今一度、薄闇にじっと目を凝らした花蓮は、思わず小さく身を乗り出していた。

やはり変だ。

ついさっき感じた違和感が、今度ははっきり頭をもたげてきた。パーティーがはじまって十五分も経《た》っていないというのに、薄暗いフロアにはすでに何組ものカップルができあがっていた。仮面をつけた男性アルファとオメガの女性の組み合わせが多いが、なかには同性同士でくっついている者もいる。

そうなのだ。くっついている。

知り合ったばかりにしては、密着度が高い。互いの腰を抱き、あるいは腕と腕をからませ、時折、頬と頬とが重なり合う近さで囁き合うようにおしゃべりをしている。もう何度も濃密な時間を共有している恋人同士の距離だった。

戸惑う花蓮の前からカップルたちは、一組、また一組とボックス席へと消えていく。個室様になったそこには薄布の天蓋が掛けられ、なかの様子を半分隠してしまっている。それでもたった今、花蓮の前を通りすぎた二人が待ちきれなくなったように唇を重ね、ボックスに入るや否や抱きしめ合うのがわかった。身体を離すどころか、ますます情熱的にキスを交わしはじめる。

驚いた花蓮が思わずほかのボックス席に視線を巡らせると、

(……え?)

キスしているのは二人だけではなかった。しっかりと抱き合う何人ものアルファとオメガたちの姿が天蓋の下から覗き、薄布越しに透けて見えた。

花蓮はホールを包む空気を、さっきまでとはまるで違うものに感じていた。

淡く甘い香りは、いつの間に会場に立ち込めていたのか。オレンジ色の光は心なしかエロティックなピンク色がかって、花蓮にまとわりついてくる。いつまでそうして一人で突っ立っているの。早くこちらの世界へおいでと、見えない手が花蓮を引っ張る。

(こんなにみんな積極的なの? わ……、私にはやっぱり無理なんじゃ……)

どちらが先に誘ったとしても、短時間でこれだけ距離を縮められるほどグイグイ攻めていく自信がなかった。目の前の光景から逃げるように一歩下がった花蓮は、何かにぶつかり慌てて振り返った。足元に女性がうずくまっている。

「大丈夫ですか⁉」

「……ごめんなさ……い」

彼女は花蓮が差し出した手を借り、立ち上がった。年は同じ頃だろうか。仮面はつけていないからオメガだ。

びっくりするぐらい短いスカートが捲《めく》れ上がって、白い太腿《ふともも》が覗いた。

「あ……りがと……」

よほど具合が悪いのか、息をするのも苦しそうだ。花蓮よりもさらに深い襟ぐりのワンピースから、乳房が零れ落ちそうになっている。戸惑う花蓮の視線に気づいた女性は、赤い唇で艶《なまめ》かしく微笑んだ。

「誘因剤《ゆういんざい》を飲んできたのに効かなくて焦ってたの。そしたら、今やっとヒートがはじまってくれて」

「――誘因剤？　抑制剤じゃなくて？」

花蓮は一瞬、聞き間違いだと思った。

フェロモンを様々にコントロールする薬の開発は、最新かつ最先端の分野だ。複雑な性のライフスタイルに合わせた研究のフィールドは未知数で、莫大な利益を生む金脈のようなものだ。そのため、あの泉グループを先頭に各社こぞって参入している。

もちろん対象はオメガに限ったわけではなく、たとえばフェロモンの影響をブロックすべく、アルファが飲む種類もある。

誘因剤は、オメガ向けに数年前から処方が許可されるようになった新しい薬だ。飲めば、ヒートを引き起こす。自然のヒートとイコールではないが、近い状態になる。つまり、抑制剤とはまったく反対の目的で使われる薬だった。

呼吸のたびに大きく上下する胸を押さえた彼女は、不思議そうに花蓮を見ていたが、やがて信じられないという顔つきになった。

「ひょっとしてあなた……？　薬で全部抑えちゃったの？」

花蓮は質問を返された。

「全部って？」

「普通、加減するでしょ。我慢できるギリギリのところでフェロモン・ハイを楽しめるように」

彼女は「せっかくヒートしてるのにもったいない」と、乱れる息を呑み込んだ。

なぜ自分が呆れられているのか、花蓮にはさっぱりわからなかった。

「だ、だって……そういうルールですよね？」

確かにパーティーの案内にはそう書いてあったはずだ。

しかし女性はまた呆《あき》れたように、吐息混じりの笑みを浮かべた。

「そ……んなの、建前に決まってるじゃない」

「えっ？」

「私たちにとってフェロモンは、アルファ様を惹きつける最大……最強の武器よ。……絶対に相手を見つけたいなら、使わない手はない。みんなそう」

花蓮はハッとして、フロアのなかをもう一度見回した。

「使わないやつは、最初っから勝負を投げ出してるのとおんなじよ」

なぜ会場の空気が十五分足らずのうちに変わったのか、目が覚めるように謎が解けた。自己紹介も親睦イベントも、おしゃべりすら必要ないパーティーだったのだ。

すべてをフェロモンひとつに委ねた、はじまりも終わりもフェロモンが決める世界。

「ほんともったいないよ」

立っていられなくなったのか、よろめく彼女の息が熱く花蓮の頬をかすめた。

「私みたいにパーティーとタイミングが合わなかった……オメガは、薬でヒートを引き起こしてま……で頑張ってるのにぃ……」

自然なヒートとそうではないヒートとでは、放たれるフェロモンの質が違う。自然な方がより強くアルファを惹きつけ離れがたくすると、花蓮も聞いたことがあった。

「ルールを破るか守るかが、たぶん……最初のハードル」

彼女は、支えようとした花蓮の手を押しやった。

「オメガとしてアルファの愛人になる覚悟があるかどうか、試されるのよ」

彼女は何かに引っぱられるようにふらふらと歩きだす。

「フェロモンを怖がってるようじゃ、アルファの愛人は務まらないもの」

彼女は花蓮を、「だからあなたは失格。帰った方がいいわよ」と哀れむ目で見やった。

フロアの向こうから、赤い仮面をつけた男が近づいてくるのが見えた。彼女と同じ、抗《あらが》いがたい力に引かれる足どりで。

二人は互いに伸ばした指が触れ合った瞬間、もつれあうように抱きしめあった。何のためらいもなく唇を重ねる二人から、花蓮は目を逸《そ》らしてしまった。

（やっとあるだけの勇気をかき集めて、今夜、この場所に立ったのに！）

いきなり突き付けられた失格の二文字に、花蓮は全身の力が抜けそうになった。

会場の様子に驚き焦っているのは、どうやら花蓮だけだった。ということは、アルファも皆、オメガがフェロモンを使って誘惑してくることを承知で参加しているのだろう。ルールの裏に隠された意図を読み取れなかったのは、自分一人。フロアの照明が暗すぎる理由に気づかなかったのも、『貴重なお時間のお邪魔は決していたしません』という念押しするような司会者の台詞《ことば》の意味を知らなかったのも、自分だけなのだ。

（彼女の言う通り、私、もう帰った方がいいの？ ここにいても邪魔なだけ？）

花蓮に近づいてくる人影はなかった。それどころか、誰もこちらを見ようともしない。どのアルファの視界にも『良い匂い』のしないオメガなど入っていないのだ。

花蓮は俯き、ひたすら考える。この機を逃せば、借金を返すあてはほかにないだろう。

（そうよ、私も誘因剤を飲んだら？ この近くで売ってる店を見つけて、今からでも買いに走れば……。抑制剤は飲んでるけど……、効くかもしれない）

追い詰められ、そんな馬鹿な考えまで浮かんでくる。

花蓮は恋愛らしい恋愛をしたことがない。当然、ヒートに関係なく誰かを誘惑した経験などない。フェロモンの力を借りなければ、こちらからアルファに触れるきっかけさえつかめそうになかった。

「あぁ……ん」

突然、聞こえてきた声に花蓮の心臓は飛び上がった。見てはいけないと思うより先に、そちらに目を向けてしまった。

さっきの彼女だった。とっくの昔に赤い仮面の男性と二人、空いたボックス席に移ったと思っていたのに、彼らはまだフロアにいて、彼女が花蓮に背を向ける形で抱き合っていた。天蓋の下に逃げ込むまでのあと少しの距離を我慢する余裕もなかったのだ。そう思わせるほど激しく、二人は唇を貪り合っている。

花蓮は息をつめ、動けなくなっていた。

男の手が、マイクロミニの上から彼女のお尻を撫でている。焦《じ》らすように大きくゆっくりと。キスとキスの合間に、彼女の口から声が洩《も》れる。

花蓮はぎょっとした。男が人目をまったく気にしない大胆な手つきで、スカートを捲り上げたのだ。それもウエストラインに近いところまで。彼女の下半身が剥き出しになった。

「……あ……ん」

恥じらいながらも悦《よろこ》んでいる声がまた上がり、彼女の腰がうねった。シースルーのストッキング越しに、黒い下着が透けていた。

彼女のお尻を自分のもののように鷲掴《わしづか》む男の両手にはそれぞれ、大きな石のついたゴツイ指輪が嵌《は》まっていた。今どき古臭いデザインのうえ、金持ちであることを見せつけるようで品もない。マジシャンの小道具を思わせる、やけにきらきらと輝く赤い仮面にしてもそうだった。男はおそらく若くはないのだろう。実際、頭髪は大分寂しいし、中年太りらしく突き出たお腹《なか》がスーツの上着を押し上げている。

たぶん、彼女好みの男性ではないと思う。よくある婚活パーティーだったら、すんなり相手の手を取っていたかどうか。だが、今の彼女に何のためらいも感じられなかった。むしろ絶対離すまいと男の首に両腕を回して、強く抱き寄せていた。

男が下着の上からお尻の割れ目をなぞった。ストッキングのなかまで侵入《はい》ってきた手に、彼女の両足がピンと伸びた。僅かに浮き上がったヒールの上で形のいいふくらはぎが、次の愛撫を受け止めようと張りつめている。

「……んっ、あ……」

彼女の腰が小さく揺れた。焦れったそうに指の動きを追いかけている。

「……もっと……」

喘《あえ》ぐ彼女の声が、乱れた息が、恐ろしいまでに花蓮の頭のなかに響く。

花蓮は二人から目が離せなくなっていた。

（あんなふうになるの？）

彼女が今夜、外を歩けば白い目で見られそうなほど露出度の高い服を着てきたのは、きっと花蓮と同じ理由だ。このパーティーで相手を見つけるための、特別な勝負服だ。普段はマナーも常識もわきまえた、ごく普通の女性に違いなかった。それが――、

（フェロモンのせいであんなふうになってしまうの？）

人前なのに、誰に見られているかもわからないのに、何ひとつ隠そうとしない。羞恥心など忘れてしまったかのように男の愛撫に身を委ね、応えている。ヒート期のセックスはフェロモンでハイになり、理性も羞恥心もどこかへ吹き飛んでしまうことを、花蓮は知っていたつもりだった。

（私、ちっともわかっていなかった）

オメガについて、解説書を読んだだけで理解《わか》った気になっていただけだ。

花蓮が二人から目が離せないのは、覗き見の誘惑に捕まってしまったからではなかった。オメガとはどういう性なのか、現実を見せつけられたからだった。

「ねぇ……、早くぅ……」

甘くねだる彼女は、あからさまな動作で男の股間に身体を擦《こす》りつけている。ふいに片方の足を上げ、スーツの足にからめた。そうやって、彼の指をどこに欲しいか教えている。すぐさま秘められた場所をまさぐられ、彼女は仰《の》け反った。

花蓮は息がつまる思いに駆られていた。もし、薬でヒートを引き起こせても、自分は彼女のようになれるのか？

花蓮は小さく首を横に振った。いや、そうじゃない。フェロモンの力に支配されあんな姿を人前に晒《さら》すことに、堪えられるだろうか？

「あー……っ」

花蓮の鼓動がまた跳ねた。今度はまったく違う方から、長く尾を引く嬌声《きょうせい》が飛び込んできた。すぐそこの天蓋から、ソファの上で重なり合う男女の下半身が覗いている。二人ともすでに下着もつけていなかった。大きく開かされた女の足の間で、男の腰が前後に揺れていた。

「無理だ。私には……無理」

花蓮は突っ立ったままだ。発情したオメガたちの放つ熱気が立ち込める世界にポツンと一人、自分だけが取り残されていた。

花蓮のショールは、いまだしっかりと上半身を包んでいる。フェロモンどころか、胸の谷間を見せつける勇気さえないオメガなど、最初からお呼びでなかったのだ。

「帰ろ……」

花蓮は回れ右をし、異様な熱気の中、ふらふらと入口の扉に向かった。

しかし扉まであと一歩というその時――。

花蓮は誰かに命じられでもしたように、ピタリと歩くのをやめた。

（……見られてる？）

花蓮が強烈な視線を意識したとたん、
ぞくっ。

パーティーがはじまる直前、一瞬身体を駆け抜けた衝動に、花蓮は再び襲われていた。

ヒートのはじまりにも似た、あのぞっとした感覚だ。

混乱しながらもあたりを見回す。フロアに入ってすぐ左手に、アンティークなデザインの螺旋《らせん》階段があった。上はどうやらＶＩＰ席らしい。会員はアルファしかいないクラブのなかでも選ばれた人間しか座ることができないのだろう、その王様の椅子とも呼べそうなシートに、若い男の姿があった。

銀色の仮面越しにもはっきりと感じる、こちらの視線を奪い取ろうとでもするような強い眼差《まなざ》し。真っ直《す》ぐ花蓮に突き刺さる。

目が合ったと思った瞬間――青年は立ち上がった。

（え？）

頭で考える前に身体が動いていた。

わずかに身を乗り出し、フロアの自分を見下ろした彼に向かって、花蓮は無意識のうちに一歩踏み出していた。

まるでそうするのが自然の法則のように、彼に引き寄せられていた。

青年が花蓮を見つめたまま、階段を下りてくる。


心臓の動きがおかしかった。ドッドと耳の奥で鳴っているのは、鼓動が暴れる音だろうか。身体中の血がふつふつと泡立ち、とてもじっとしていられない。それでも花蓮は男と合わせた視線を、一瞬も逸らせなかった。

彼の姿が少しずつズームアップされていく。仮面の下の、深みのある黒い瞳の色まで見て取れた時、男はすぐ目の前に立っていた。

またあのぞくりとした震えが脇腹や背筋を這《は》い回り、花蓮は我に返った。男に奪われていた気持ちを、必死に取り戻そうとする。

花蓮は思わず二の腕を抱いた。そうでもしないと今にも震えだしそうだったからだ。

借金を返すあてもなくなり、ショックのあまり具合が悪くなったと思いたかった。でも、これはそうではなかった。ヒートがはじまった時の、うねるように熱いものが湧き上がってくるあの感覚だった。

（どうしよう！）

身体中の神経が、じわりじわりと端から目覚めていく。肌が粟立《あわだ》つ。どこを撫でられても、少しでも触れられただけで飛び上がってしまいそうだった。

どうすればいいのかわからなかった。

いつもと何かが違うのだ。

固く結んだつもりの唇がもう綻《ほころ》び、乱れる息が溢れてくる。

（こんなの初めて……っ）

アルファを前にヒートを迎えた経験のない花蓮は、今にも彼に手を伸ばし、その胸に飛び込んでしまいそうな身体を懸命に押さえつけていた。

自分を形作るすべての細胞が、彼という存在を貪るように感じているのがわかる。彼がどんな顔をしているかもどんな服を着ているかも、そんなことはどうでもよかった。ただひたすら引き寄せられる。瞬きの一瞬、彼から目を離すのさえも苦しくて堪らない。

これまで花蓮には、ヒートの間中、自分を揺さぶり駆り立てるものが何なのか、その衝動に名前をつけられなかった。言葉で説明できないと思ってきた。

いや、本当は……正体はわかっていても、知らないふりをしてきた。それが――。

（欲しい！）

アルファの彼を前にしたとたん、言葉になって零れた。

（この人が欲しい！）

心のなかに溢れる声を、花蓮はもう止められない。見て見ぬふりはできない。


私に触れてほしい。

抱きしめてほしい。

キスしてほしい。

私もあなたに触れたい。抱きしめたい。キスしたい。

あなたで私のなかをいっぱいにしてほしい。

私はあなたとひとつになりたい。


はっきりと姿を現した欲望に花蓮は押し潰され、自分を見失いそうだった。心のなかで彼を求めるたびに、くすぐったいような震えが甘く全身を駆け巡り、恥ずかしい声を呑み込むのが精いっぱいだった。

「は……ぁ」

とうとう熱い息が洩れた。どうすればいいのかわからず追いつめられた気持ちとは裏腹に、身体は彼を求めて暴走したがっている。

「なんだ、お前？」

彼の顔が近づいてきたと思った時、いきなり両肩をつかまれ、花蓮は全身の血が脈打つ音を聞いた。

「なんなんだ、お前は……？」

初めて聞いた彼の声には、驚きと苛立《いらだ》ちが滲《にじ》んでいた。

「すごい匂いがする」

彼の一言に、花蓮のなかで羞恥が膨れあがった。

「あ……、あなたこそ、何なの？」

自分の方こそ驚いているのだと、ぶつけたい思いが込み上げてくる。

今日、ヒートを迎えていた花蓮は、パーティー参加のルールを馬鹿正直に守って薬を飲んできた。ヒートに伴う身体の反応は、確かに抑えられていたのだ。彼の視線に気づいたあの瞬間までは。

（ずっと、ここにいるアルファの誰にも見向きもされなかったのに？）

薬によって眠らせたヒートが、彼によって再び引き起こされただけではない。それ以上に刺激され、煽《あお》られているとしか思えなかった。花蓮は十五歳で初めてヒートを迎えて今日まで、一度としてそんな相手と出会ったことはなかった。

（本当にこんなことがあるの？）

彼の言動を見ればこの身体がフェロモンを発しているのは間違いないのに、花蓮にはまだ信じられなかった。

だが、夢であってほしいという願いを、両肩をつかまれ揺さぶられる痛みが打ち砕く。

「なぜだ？」

仮面から覗く薄く形のいい唇が、ふいに歪《ゆが》んだ。

「薬は飲んできたんだ。なのになぜだ？」

「——え？」

「こんなことは初めてだ」

苦しげに吐き出す台詞《せりふ》は、彼自身に向けられている。

彼の言う薬とは、おそらく『抗フェロモン剤』のことだろう。ヒート期のオメガに生活を乱されないよう、アルファが飲む薬だ。オメガの抑制剤同様、薬の種類や本人の体質によって効果に違いはあるものの、ほとんどのアルファが平穏な日常を送るために常用しているという。

でも、今日のパーティーに参加したアルファは、全員あえて飲んでこなかったと花蓮は思っていた。彼は違うのだろうか？

『薬を使ったのに、なぜお前のフェロモンにあてられるんだ？　お前のせいか？』

『なぜ抑えたはずのヒートが、手もつけられないほど暴れはじめたの？　あなたのせい？』

互いの「なぜ？」を訴える視線が、真っ向から絡み合う。

戸惑いや焦りや腹立たしさや……。お互い相手にぶつける感情は好意とはほど遠いのに、けれど彼は花蓮を離そうとはしなかった。肩にあった手は、いつの間にか背中に回っている。そして、花蓮の手も……。

——我慢できない。

そう囁いたのは自分なのか、彼なのか。花蓮にはわからなかった。

気にかける間もなく、花蓮は彼とキスをしていた。顔も名前すら知らないアルファの身体を縋《すが》りつくように抱きしめていた。何のためらいもなく唇は深く重ねられ、すぐに舌が触れ合う。

「……っ」

唇をくっつけるだけのキスしか知らない花蓮が、必死に彼の舌の愛撫に応えていた。応えずにはいられなかった。口のなかを探るように動かされれば追いかける。離れていこうとすれば引き留めたくて、自分から触れてみる。舌から伝わる体温が心地好《よ》さに変わり、全身に広がる。

彼か自分か、いったいどちらが先に二度目のキスを欲しがったのか？　やはり花蓮にはわからなかった。だが、自分じゃないと思えば思うほど自分のような気がして、頭の芯まで熱くなった。

「……ん」

今度ははっきりと自覚した。たった今、彼に吸われる唇の端から零れたのは、確かに自分の声だった。

とうとうショールが肩を滑り落ちた。花蓮は喘ぐように呼吸し、大きく上下する胸に、赤い艶かしい唇の彼女の姿を重ねた。

誘因剤を飲んでまで今夜のパーティーに賭ける彼女が、アルファの腕のなかでどうなったか。スカートをたくしあげられ、あらわになった下半身を切なげに捩る後ろ姿は、閉じた瞼《まぶた》の裏に焼きついている。

いくら抗おうとも、自分もすぐにああなるのだ。惹かれ合う相手の体温を知ったとたん、あっという間に淫らに乱れた彼女のようになる。

そう思うと花蓮の羞恥は一気に膨らみ、オメガとしての覚悟がぐらついた。暴走する自分を受け止めきれずにうろたえる。

「……っ」

いきなり胸をつかまれた。右の乳房いっぱい大きな手のひらを感じた時、花蓮はありったけの理性と力を振り絞り、彼を突き飛ばしていた。


「早く逃げなきゃ……っ」

フロアを飛び出した花蓮は、走りたくても足が思うように前へ出ない。

今夜のヒートは花蓮からまともに考える力だけでなく、身体を動かす力まで奪おうとしていた。手も足も、指の一本一本までもが他人のもののように感じるなか、彼のキスに貪られた唇だけがリアルだった。乱暴に拭《ぬぐ》わずにはいられない、鬱陶《うっとう》しいほどの熱を帯びている。

（またあの人に触れられたら、もう駄目。私は二度と逃げられなくなる）

だからこそ、花蓮は必死に前へと進んだ。壁についた手に縋ってもがくように歩きながら、とっさに入口があるのとは反対方向に延びた通路を選んだ。万が一、彼が追いかけてきても、撒《ま》けるかもしれないと思ったからだ。

突き当たりに非常口の場所を教える緑色の表示が灯《とも》っている。ホールの脇を抜け奥へと続くそこは、どうやらスタッフ専用の、今は人影の見えない廊下だった。

扉のないストックルームのようなスペースを見つけ、花蓮は迷わずなかに入った。並べられた空のスチールラックの前に、ぐずぐずとくずおれる。ペタリと太腿をつけた床が冷たいのは、身体が異様に火照っている証拠だった。

（あれはいったいなんだったの？　薬で抑えつけたはずのヒートが、どうして暴れはじめたの？）

追いつめられれば追いつめられるほど、花蓮の気持ちはその疑問へと返ってくる。そして、苦しいぐらいに考えているうち、「そうかもしれない」ひとつの答えに行き当たる。

（――番《つがい》？）

花蓮を追い立てていた早鐘を打つ鼓動が急に静かになった。

オメガのフェロモンの匂いに、アルファは敏感だ。オメガ本人にはわからない微妙な違いまで感じ取れる。だから、アルファは好みの香水に手を伸ばすように、好きな匂いのフェロモンにより惹かれる。

しかし、そんな好悪の感覚とはまるで別次元の、アルファの本能をダイレクトに刺激する特別なフェロモンがあるという。

アルファにとってその最強のフェロモンを放つオメガは、唯一無二の存在――すなわち『運命の番』と呼ばれる関係を築ける相手だ。

たとえば、すでにつき合っている恋人がいても、夫や妻がいても、彼らを捨ててまで一緒にいたいと思う。少しの間も離れたくない衝動に駆られ続ける関係。それが『運命の番』なのだ。

「……彼は私の運命の相手？」

もし、自分たちが番になるべく生まれてきたアルファとオメガなら、薬で眠らせた花蓮のヒートを引き起こす力が彼にあってもおかしくないかもしれない。運命の相手であるアルファからは、オメガもフェロモンに似た何かを感じ取っているという話を聞いたこともあった。

「違う……。違うよね？」

知らずに声が出ていた。現実を見たくないとでも言うように、花蓮は瞼を固く閉じていた。

中学生の頃、第二の性について学習する授業で、教師が言っていた。

『必ずしも運命の相手がいるとは限りません。アルファもオメガも数が少ないですから、生涯出会う機会がないまま終わってもおかしくない。もし巡り会えたなら、それはもうまさに運命。奇跡のようなものなのです』

（運命なんて言葉で誤魔化してるけど、鎖じゃないの？　フェロモンで二人を繋《つな》いで勝手に未来を決めてしまう、一度かけたら二度と外せない鎖）

恋人や結婚相手や、それまで大切にしてきた人間を傷つけ、育んできた愛情を踏みにじってまで手に入れる関係が、果たして奇跡なのか？　当時も今も、花蓮は素直に受け入れられなかった。

もしもあの青年が番の相手だとして、彼に触れられただけで自分が自分でなくなってしまう今夜のこの状態が幸せだとは、とても思えない。出会ったばかりの、顔も名前も知らない人間。そんな男とこれから二人、一生一緒の人生を生きていくなど、想像もつかなかった。

（違う。そう、これはバグよ）

授業では、アルファとオメガをめぐる法則にもハプニングのような例外はあると教えていた。今回だって、何が原因かわからないが、鎮めたはずのヒートが誘発された時、たまたま目の前にいたのが彼だったというだけ。

「そうに決まってる」

花蓮がもう一度、声に出して言い聞かせた時だった。ぞわりとまたあの何とも抗いがたい震えが背筋を駆け抜け、花蓮はハッとした。頑《かたく》なに閉じていた瞼が開く。

扉のない入口を背に、銀色の仮面をつけた彼が立っていた。

彼の磨き上げられた革靴が、こつこつと音をたて近づいてくる。

(逃げなきゃ!)

そう思うのに、花蓮は金縛りにあったように身体が動かなかった。

(なぜここがばれたのだろう?)

この広い建物の、無数にある部屋の中で、どうやって彼はここを探し当てたのだろう?

彼は花蓮の目の前までくると自分も座り込み、抱きしめてきた。花蓮に触れることしか頭にないのが伝わる、強引な抱擁だった。

(もしかしたら?)

パーティー会場へ向かおうとパウダールームを出た時のことを思い出した。ヒートに似た感覚に襲われたあの瞬間から、同じ建物のなかにいたのだろう彼との間に、離れていても共鳴しあう何かが働いていたのだろうか?

もしもそうなら、きっとどこへ逃げても無駄だ。彼は必ず自分を見つけてしまう。

だが、あきらめの気持ちが花蓮の胸に頭をもたげたのは、一瞬だった。

「……ん」

すべての感情を押し退《の》けるように、花蓮は彼とキスをはじめていた。呼吸するのももどかしい激しさで、唇を重ねる。

また彼に触れられたら、二度と逃げられなくなる。私は逃げようとしなくなる。花蓮の恐れは現実になった。

会話もなくひたすら抱きしめ合い、触れ合わずにはいられない。

キスを貪りながら肩を撫で肩甲骨の形をなぞり、やがては背筋を下りていく彼の愛撫を、花蓮は彼にそのまま返した。スーツ越しにもわかる筋肉の盛り上がりや骨格のたくましさに、花蓮の唇を割って熱い息が溢れた。

(すごく……どきどきする……)

今までこんなふうに男性の肉体《からだ》に触れたいと思ったことはなかった。ましてやこの身体に抱きしめられたい、肌と肌を重ねて直接体温を感じたいと焦がれ、欲しがるなど、初めてだった。強烈な羞恥心をまといながらも自分の知らなかった自分が少しずつ、明るい場所へと引きずり出されていくようだ。

「ん……」

「……ふ……ぁ」

舌も立派な性感帯だと聞きかじった話は、嘘ではなかった。どこまでも追いかけ触れてくる彼の舌の優しさが、くすぐったいような快感となって全身に散っていくのが手に取るようにわかった。ちゅっと可愛い音をたて舌先を柔らかく吸われたとたん、下半身の深いところに甘い衝撃が走った。

「や、あ……」

言葉では拒んでも、やめられない。頭のなかが白くなるほどの羞恥も、彼の愛撫に応えようとする自分を止められなかった。

(私、何も知らないはずなのに……)

オメガ性はその性質ゆえに時に誘惑の性だと嘲《あざけ》られ、また淫乱の性だと顔を背けられ、周囲には好奇や蔑みの目で見る者も多い。

だから花蓮は自分がオメガだと知ってから、それまでのように友人たちと無邪気に恋バナができなくなった。恋愛に臆病になった。過去に一度、つき合った相手はいたが、半年も続かず、その彼ともキス止まりだった。

それなのに、今自分を苛《さいな》んでいる熱い欲望が何か、身体が何を求めているのかわかるのだ。

さっきから花蓮は腰を小さく何度も捩っていた。ズキズキと秘密の場所が疼《うず》いている。この疼きを消せるのはこの人だけと、目の前の彼を欲しがる衝動を、どうやって受け止めればいいのか。もどかしくて苦しくて、花蓮は靴先を硬い床に突っ張り、必死に堪えた。

(恥ずかしいのに！)

身体の奥の方から、熱い潤みがとろりと溢れ出るのを感じる。

パーティー会場ではフロアの真ん中で何をしようと、皆の暗黙の了解のもと、許されていた。だが、ここはパーティー・ルールの及ばない場所だ。事情を知らない誰かに覗かれないとも限らない。快感に押し流される理性の尻尾を何とか捕まえようと、花蓮は足掻《あが》いた。

一瞬でも立ち止まる余裕がないのは、彼も同じなのかもしれない。花蓮を抱きしめていた手は前に回って胸に触れたかと思うと、下腹の上を滑り落ちた。

「あ……っ」

乱暴にスカートをめくられ、太腿の間に指を差し込まれる。欲望に駆り立てられるように、いきなりショーツの上から熱く疼く場所を探られた。

「……早くお前の達《イ》く表情《かお》が見たい。俺に達かされる表情だ」

言葉を選ぶ余裕すらなくしたような、あけすけな台詞だった。見るからに紳士然とした彼の、仮面を外した世界では絶対に口にしないだろう露骨な言い方だ。でも。

「や……あ……」

恥ずかしいだけの彼の言葉が、今の花蓮にはなぜか心地好いのだ。恋人同士が交わす睦言《むつごと》みたいに、身体の芯まで甘く響いた。彼の指になぞられ膨らむ疼きが、さらに強くなる。

「……んっ」

布越しに短い亀裂に沿って上下する指に、また自然と腰がうねった。

「あ……っ」

花蓮の腿に何度もぎゅっと力が入った。濡れた花弁の狭間《はざま》に埋もれる指の形まで、はっきりと感じる。

「早く見たい」

そう囁かれ耳朶《みみたぶ》を軽く噛《か》まれたとたん、彼が触れているところから大きなうねりが突き上げてきた。

（気持ち……い……）

一瞬、頭のなかが真っ白になり、爪先から溶けてしまいそうだった。昇りつめても羞恥は収まるどころか激しくなるばかりなのに、この快感をいつまでも味わっていたいと思ってしまう。

「可愛いな」

どこか戸惑いを含んだ彼の声だった。唇を舌で軽くつつかれ、花蓮はようやくつめていた息を吐き出した。目を開ける勇気がなかった。すると、花蓮は頬に彼の指を感じた。

「なぜ泣くんだ？」

花蓮は俯き、閉じた瞼に力を込めた。涙は止まるどころか、目尻にまた滲んでくるのがわかった。

花蓮はただ悔しかった。オメガの性を売る決心をつけるとかつけないとか、心を切り売りしたくないとか。自分がどれだけ思い悩んだところで、アルファに触れられればこの身体は暴走するのだ。快感が一度弾けたぐらいでは満足しない。その証拠に今も肉体《からだ》は心を置き去りに疼き続けている。

そんな現実が苦しくて、放っておくと花蓮の瞼はどんどん熱くなる。

「泣くほどよかった？」

（――⁉）

とんでもない台詞に、花蓮は思わず目を開けてしまう。

「そんなんじゃ……ないです！」

花蓮は彼を突き放そうとしたが、失敗した。彼は花蓮の腰に両腕を回して引き寄せた。

「泣いても喚《わめ》いても今の俺には逆効果だな。もっとねだられてる気分になる」

「ねだってなんか――」

続く言葉を、唇を塞がれ奪われる。思いもかけず優しいキスだった。ふと、濡《ぬ》れた頬に触れた指にも同じ温《ぬく》もりを感じたことに、今になって気がついた。彼の胸に突っ張った花蓮の手から、ゆっくりと力が抜けていく。

「可愛いんだから、ねだっていいんだ」

唇が離れ、囁くように告げられる。仮面の奥の目が細められた。

花蓮は自分を甘やかすその優しさに、あやされる。自己嫌悪の海に沈んでいく心に手を差し伸べられたようで、胸がとくんと大きく鳴った。さっきまで花蓮を苦しめていた不安の鼓動とは、まるで違う高鳴りだった。

大人しくなった花蓮を、強引な腕がさらに強く引き寄せた。

「お前が意地を張るなら、俺がねだる」

彼の手がショーツにかかった。花蓮は「えっ？」と身を硬くした。

「俺はもっとしたい」

器用な指がショーツを引き下ろそうとしている。花蓮の耳を熱い息がかすめた。

（そんな……駄目……っ）

布越しにでもあんなに感じてしまったのに、直《じか》に愛されたらいったいどうなってしまうのか。花蓮が怯えた時には、もう指は熱く火照った秘花に触れていた。

「やぁ……」

花弁を開くように少し動かされただけで、腰まで切なく動いた。たちまち膨らむ悦びに、頭の芯がとろんと蕩《とろ》けていくようだ。

（気持ちいい……の）

もう、このまますべてを許してしまってもいいと、何やら幸せにも似た甘い気分が込み上げてくる。

（彼にならー）

花蓮の脳裏に、束《つか》の間、あられもない自分の姿が浮かんで消えた。誰に覗かれるかもしれないこの場所で、彼を受け入れ乱れ、よがっている。

（なに考えてるの！）

花蓮が動揺した時だった。我に返って大きく身動《みじろ》いだ拍子に、予想外のことが起こった。花蓮の腕が彼の仮面にぶつかり、銀色のそれが外れたのだ。

名前も知らないまま、自分の処女を捧げかけていた男の顔が現れた。

「ーえっ？」

花蓮は唖然《あぜん》と彼を見つめた。

（うそ……でしょ……）

パーティー会場に着いてから衝撃続きだった記憶が一瞬で吹き飛ぶほどの驚きに打たれて、花蓮は固まった。

彼も動揺していた。

パーティーの参加証でもある仮面が外れたことで、現実世界に引き戻された。初めて会ったオメガ相手に自分が何をしたのか、見せつけられた。そういう顔をしていた。

彼の腕から力が抜けた瞬間、花蓮は立ち上がっていた。スカートの上からずれた下着を必死に引っ張りあげると、何とか出口に向かった。追いかけてくる気配がないと知っても、逃げる足は止まらなかった。

ズキズキと身体を蝕む疼きは、消えずにまだあった。静まるどころかアルファから引き離されたくないと、オメガの性が暴れている。

もし、仮面の下の顔がほかの誰かだったら、花蓮は欲望のままに突き進んでいたかもしれない。動揺している彼を見て、余計に離れたくない衝動に駆られて花蓮の方から手を伸ばし、あのたくましい身体を抱きしめていたかもしれなかった。

でも、そんなことはできなかった。

それほど男の正体は、花蓮には衝撃的だったのだ。

花蓮は息を切らしてビルを出ると、何かに呼ばれた気がして振り返った。建物の上部に設置された大型ビジョンに、パーティーがはじまる前に眺めたのと同じ広告が流れていた。

見上げた光り輝くスクリーンに、仮面の下のあの美貌が大写しになった。

帝国のプリンス、泉貴臣。

花蓮の住む世界からは足元すら望めない雲上《うんじょう》の国の王子様が、目の前に下りてきた。

第二章　あなたを忘れたいのに

　パーティーの翌日、一人暮らしをするアパートのベッドの上で、花蓮は電話が終わるなりスマホを投げ出し、布団の海に沈んだ。

「無職確定だよ〜」

　特大のため息ごと枕に顔を押しつける。

『ほんと、ごめんなさいねぇ。このところお店の売り上げがふるわなくって。女の子にも一人、辞めてもらうことにしたのよ』

　パート先のバーのママの、申し訳なく思っているようには少しも聞こえない声が、まだ耳に残っている。

　知人の紹介で三カ月前からはじめた夜間の仕事は、バーのカウンター内での調理補助という楽な中身のわりには時給がよかった。ママをはじめとするスタッフとの相性もよく、花蓮は助かっていた。

　ところが、パーティーのため急に休ませてもらった昨日のお礼を改めて伝えようと電話を入れたところ、いきなりクビを言い渡されてしまった。カウンターにテーブル席が三つだけの小さな店だ。口約束が契約書がわりみたいなものだったので、文句は言えなかった。

「こんなことってある？」

枕にぐりぐりと顔を押し付けながら、花蓮はもう一度情けない声を上げた。

実はほんの十分前には昼にパートしているスーパーからも電話かあり、次の契約更新はしない旨を伝えられたばかりだった。スーパーの店長は、契約期間が切れるまでまだ日はあるが、もう店には出なくていいと言った。

『その方が早瀬さんもゆっくりお休みになれるでしょう。ええもちろん、給料は満額お支払いさせていただきますよ』

「私、呑気《のんき》に休んでる場合じゃないんですけど！」

花蓮は枕から頭を上げると、今更文句を言った。

（毎回スルッと更新されてたのになあ。急にどうして？　人手が余ってるわけでもないのに。私、ミスでもしたっけ？）

花蓮の住むアパートから自転車で十五分のところにあるスーパーは、住宅地にほど近いこともあり、タイムセールの時間などは目が回るほどの忙しさだった。

「……っていうか、なんで敬語？　あの怒鳴るのが趣味のパワハラ店長が？」

心なしか震えてうわずった声も、花蓮は今まで聞いたことがなかった。そう言えば、バーのママも何か嬉しいことでもあったのか、やけに弾んだ声をしていた。なんだかおかしい。もっと悪いことが起こる前触れのようで、花蓮はだんだん怖くなってきた。

（愛人計画は大失敗のうえ、無職に転落でしょ。これ以上悪いことってなによ？）

花蓮は自嘲する。

朝もインスタント味噌汁《みそしる》一杯で足りてしまった食欲は、昼食の時間になっても湧いてくる気配がなかった。

枕を乱暴に抱きしめた花蓮は、仰向《あおむ》けになろうとして動けなくなった。自分の身体が火照っている気がしたのだ。ヒートは今朝方終わったばかりだというのに、頬や耳、うなじのあたりが何だか鬱陶しい。

「あまりのショックに熱まで出た！」

わざと声に出して言ったのは、心のなかではまったく別の理由を考えていたからだった。

（あの人と抱き合った余韻のせい？）

そっと吐き出した息までも熱を帯びている。

昨夜はエスカレーターを駆け上がりながら、フロントで返してもらったバッグのなかの予備の薬を取り出し、必死で飲み込んだ。ビルを出て十分も歩く頃には、自分でもどうにも手のつけられなかった衝動は、大分収まっていた。彼との距離が開くにつれ、身体中をざわつかせていた波が少しずつ引いていくようだった。

（夢だったんじゃない？）

花蓮の枕を抱きしめる腕に力が入った。束の間、息を止める。

（だって、泉貴臣だよ？）

仮面の下の驚きの表情が鮮やかに蘇ってくる。

（『帝国のプリンス』様だよ？　ナマ貴臣って、私にとってはUMA《ユーマ》なみだよね。出会える確率は、たぶん限りなくゼロに近いはず）

だが、いくら否定しても身体の熱が教えてくれる。すべては夢ではないのだと。確かに自分は本物の泉貴臣と出会い、彼に抱きしめられキスを交わし、彼の愛撫を受けたのだと現実を突き付けられる。

（イメージとはちょっと違ったかも）

ニュースや雑誌の記事が報じる貴臣は、まさに冠を戴《いただ》いたアルファのなかのアルファ。言葉遣いも立ち居振る舞いも紳士的、かつ上品かつ優雅。王子様以外の何者でもなかった。いかなる場面《シーン》でも女性をお姫様のように扱う姿が容易に想像できる、憧れのプリンスだった。

ところが、昨夜の貴臣は――。

『早くお前の達《イ》く表情《かお》が見たい』

花蓮の耳元で記憶のなかの彼が囁く。

『俺はもっとしたい』

まるで隠れた夜の顔が、フェロモンの力で引きずり出されたかのようだった。王子様らしからぬエロティックな台詞が、強引な声音が、不思議と甘く心を震わせ蘇ってくる。昨夜も今も、花蓮の胸の鼓動は、なぜかドキドキ、スピードを上げ続けている。

（むしろそのギャップにときめいてるとか？）

あり得ないと、花蓮は枕にまた顔を埋めて、強く首を横に振った。

たしかに間近で見た貴臣は美しかった。画面越しに眺める彼の一万倍はかっこよかった。だから、その美形ぶりに平静でいられないのは仕方ないとしても、

(私はあの人が好きじゃないんだし)

ときめくなんてあり得ない。すべてはにっくきフェロモンのせいに違いなかった。

そして——彼にとっても昨夜の出来事は、きっと望んでいなかったことだ。

その証拠に、貴臣は抗フェロモン薬を飲んでいた。どんな目的があってパーティーに参加したのかわからないが、ほかのアルファたちのようにオメガの愛人が欲しくてあの場にいたわけではないのだ。フェロモンに翻弄された自分を誰にも見せるつもりはなかったのだろう。

だからこそ仮面が外れ素顔を晒してしまった瞬間、我に返って動揺した。逃げ出した花蓮を追いかけようともしなかった。この先、二度と会うことはないということだ。

走る一方だった鼓動が、徐々にスピードを落としはじめる。胸のどこかが小さく疼き、また熱い息が零れたが、花蓮は安堵《あんど》のため息だと思うことにした。

(会えなくて正解。会わない方がいいに決まっている)

「だってまたあんなふうになったら……」

花蓮は慌てて想像を打ち消した。貴臣のことを考えているうち、ヒートのはじまりを告げるあのぞくりとした衝動に、また襲われそうになったからだった。

花蓮はハッと顔を上げ、玄関の方を見た。軽やかなチャイムの音が、誰かの訪れを告げていた――。

慌てて開いた扉の向こうにひょっこりと、背の高い影が覗いた。

「こんにちは、花蓮」

幼い頃から見慣れた顔が現れる。

「ここしばらく店に来ないから、ちょっと覗きに来たんだ。もしかしたら仕事を休んで部屋にいるんじゃないかと思って」

どんな時も微笑みを絶やさない目元が、心配そうに花蓮を見つめていた。

「店で出してるものだけど、差し入れ持ってきた。――入ってもいい？」

「あ……、うん。お兄ちゃん、わざわざごめんね」

花蓮がお兄ちゃんと呼んだのは、四つ上の幼馴染《おさななじ》み、羽村優一《はむらゆういち》だった。優一は人好きのする笑みを浮かべ、玄関をくぐった。

「メールか電話にしようとも思ったんだけど、花蓮は転んで怪我しても痛いって言えない意地っ張りだろ。やせ我慢されちゃ困ると思ってさ」

そう言いながら優一は部屋にあがると、勝手知ったるといった様子で小さな折り畳み式のテーブルを用意した。

優一の両親は、五代続く老舗《しにせ》の和菓子店を営《いとな》んでいた。一人息子である優一は製菓の専門学校に通った後、将来は六代目になるべく父親の下で修業をはじめた。

ところが、三年前。近所にオープンした大型商業施設に客を奪われ、百五十年近く続いた暖簾《のれん》を下ろすことになってしまった。家業が潰れる原因になった施設も、泉グループ傘下だ。花蓮が貴臣に良い感情を抱けない理由は、そんなところにもあった。

二人は花蓮の両親が借金を理由に自宅を売るまでは、お隣同士の関係だった。両方の家を自宅感覚で行き来しながら育ったのだ。花蓮は物心つく頃から優一を『お兄ちゃん』と呼び、長い時間、本物の兄妹のように過ごしてきた。

ちなみに彼のバース性は、花蓮がなりたかったベータだ。

花蓮が暮らすボロアパートは、優一が今働いている珈琲《コーヒー》ショップに歩いて行ける距離にあった。花蓮は二日に一度は出勤の時、少し遠回りをして店の前を通っていた。お兄ちゃんに元気な顔を見せるためだ。財布の事情が許せば、ホットコーヒーをテイクアウトしていた。

「はい。昼ごはん」

優一は二人用のテーブルに珈琲ショップのロゴの入った紙袋を置くと、ベッドの花蓮を手招いた。それからおままごとのように小さな流し台の前に立った。少年の頃から変わっていないひょろりとした後ろ姿は、標準体重に万年三キロ足りなかった。優一は上の棚からコップをひとつ手に取ると、水を入れて戻ってきた。

「ポタージュが冷めないうちにどうぞ。スプーンはついてるよ」

紙袋を覗くと、花蓮の好物も一緒に入っていた。

「やった！　たまごサンドなら、即エネルギーになってくれそう」

まずポタージュの入った容器を開けた。バターを焦がしたような甘い匂いを嗅いだとたん、ふわりと肩の力が抜けた。遠くへ追いやられていた食欲が、ゆっくりと戻ってくる。

「ね？　昼休みの時間まだあるし、冷蔵庫にあるもので何か作っていこうか？」

黙々と食べる花蓮を、優一は母親のように見守っている。

優一はスイーツ類はもちろんのこと、料理全般にベータとは思えない才能を発揮した。

もともと家事をするのが苦ではないのだと思う。小学生の頃にはもう、店の仕事で忙しい両親に代わって家のなかのことを進んでひき受けていた。あれは高校受験を控えた冬の日だったか。花蓮が風邪で寝込んだと聞いて飛んできたお兄ちゃんは、ふわふわのたまごおじやや、もちもちの煮込みうどんを作ってくれた。どちらも母親が思わず弟子入り志願するほどの美味《おい》しさで、びっくりしたのを今でもよく覚えている。

「あれ……この花」

気がつけばテーブルにタンポポが一輪咲いている。

「ランチのおまけデス」

優一がポケットに挿して運んできたのを、コップを花瓶がわりに飾ってくれたのだ。

二年前の春、掛け持ち仕事をするのに便利な都心でようやく見つけた部屋は、風呂無し六畳一間。昔、某企業の独身寮だったという二階建て築四十年越えの物件だった。毎日寝に帰るので精いっぱい、女の子ライフを楽しむ余裕もない。そんな花蓮の暮らしぶりを窺《うかが》わせるこの殺風景な和室にも、なんの潤いもなかった。

優一のさり気ない心遣いが、昨夜から続く不幸な出来事を何とか受け止めようと張りつめていた花蓮の心を、美味しい差し入れ以上に楽にしてくれた。

「お兄ちゃん、いつもありがとう」

花蓮がホッと微笑むと、優一もにっこりと笑い返してきた。

（お兄ちゃんは見た目も優しい雰囲気だから、余計なのかな。世話を焼かれると癒《いや》されるんだよね）

優一の垂れ目がちの愛嬌のある顔立ちは、いかにも人がよさそうだった。道に迷っている人がいたら、真っ先に助けを求められるタイプだ。

（お兄ちゃんを花にたとえるとしたら……）

花蓮は傍《かたわ》らの、可愛く小首を傾げたタンポポを見やった。同時に、『彼』の姿が脳裏に浮かぶ。

（じゃあ、あの人は？）

仮面をつけていてさえ、圧倒的なオーラを華やかに振りまいていた泉貴臣。

（全然黄色のイメージじゃないな。んー……赤かな？　それもうんと濃いやつ。だったら薔薇、かな？）

貴臣がポケットに挿《さ》すのに、真紅の薔薇ほど似合う花はなさそうだった。

「で？　夕食のリクエストは？　やっぱり好きなものの方が食欲わくよな。たまごはある？」

優一が立ち上がったのを見て、花蓮は慌てて止めた。

「大丈夫。心配しないで。夜はちゃんと自分で作って食べるから」

花蓮はいつの間にか止まっていたスプーンでポタージュをすくい、食欲があるのをアピールした。しかし、優一の優しげな眉はハの字になったままだ。

「本当に大丈夫？　パジャマを着てないのを見て安心したけど、ひょっとして熱があるんじゃない？」

「ううん。平気」

「だって顔が赤いし」

「そう……かな」

「さっきから心ここにあらずでぼーっとしてるし。もしかして、誰か訪ねて来る約束でもあった？」

「えっ？」

花蓮は優一の言葉にぎくりと顔を上げた。

「扉を開けてくれた時ね。そういう表情《かお》をしてるように見えたんだ」

「……」

図星だ、とは言えなかった。チャイムの音を聞いて玄関まで飛んで行った時、花蓮は開いた扉の向こうに貴臣の顔を探していた。さっきも優一と比べて彼のことを考えていた。

昨夜のことはすべて忘れるつもりでいたのに、いつの間にか花蓮の心はまた貴臣でいっぱいになっている。

（……たった一度、会っただけなのに……）

スプーンを持つ手がまた止まってしまった。

「それとも気がかりなことでもある？　お金がらみじゃないよね？」

優一は早瀬家が多額の借金を返しているのは知っている。ただし、正確な金額やかなり追いつめられている現状までは聞かされていなかった。花蓮も彼を心配させたくないので、できる限り話題にしないようにしてきた。

当然、親にも秘密の昨夜のパーティーの話など、打ち明けられるわけがなかった。

「お金は関係ない」

「よかった。じゃあ、ひょっとして俺だけが聞いてあげられる悩み？」

さり気なく尋ねられる。実は優一は両親以外で唯一、花蓮がオメガであることを知っている人間だった。

バース性判定の通知を受けてからというもの、オメガであるショックを抱え込んでいた花蓮は、ある日とうとう優一の前で誰にも言えなかった思いを爆発させてしまった。今日のように「何かあった？」と尋ねる優一の優しい眼差しが、重く閉ざした花蓮の心を開かせたのだ。


『どうして？　お兄ちゃんと同じで私の親もベータ同士なのに、どうして私はお兄ちゃんと違うの？』

いったん口を開くと、押し殺してきたたくさんの言葉が一気に溢れてきた。

『なぜベータじゃないの？　オメガなの！』

これから自分はどうなってしまうのか？　不安でたまらなくて、抑え切れない感情に、花蓮は八つ当たりのように優一の胸を叩《たた》き、泣きじゃくった。

優一は花蓮がぶつけたすべてを、戸惑う顔すら見せずに抱き留めてくれた。

『焦らなくてもいいよ。時間をかけて受け入れればいいんだ』

そうして、お兄ちゃんは約束してくれた。

『苦しい時は俺を頼って。愚痴でもなんでも聞いてやるから。少しは楽になるんじゃないかな』

それからの優一は約束を守って、バース性にまつわる花蓮の愚痴や悩みを聞いてくれた。

（泉さんのことは話せない。でも、この胸のもやもやを聞いてもらえるのは、お兄ちゃんしかいない）

しかたなく頷く花蓮を見て、優一は「話してみて」と微笑んだ。

花蓮はスプーンを置いた。優一と目を合わせる。

「私ずっと、『運命の番』について考えてたの」

貴臣と出会ってから胸の奥に渦巻くこの気持ちを言葉にすれば、どうしようもなくざわつく心が少しは落ち着く気がした。

「私、思うの。運命とは違うんじゃないかって。フェロモンにそう錯覚させられてるだけで」

「そこに愛はない？」

穏やかに包み込む目をして、自分の言いたかった言葉を引き継いだ優一に、花蓮の緊張が静かにほどけた。やはり優一は、どんな時も花蓮の心に寄り添い、理解しようとしてくれる。

「花蓮はたぶん、ずっと不安に思ってたんじゃない？　オメガはフェロモンに振り回されてまともな恋愛ができないんじゃないかって」

優一はそこで言葉を切り、少しの間考える表情を覗かせた。やがて、花蓮の目を真っ直ぐに見つめた。

「オメガがどんな辛さを抱えて生きているのか。本当に理解《わか》ってやれるのは、同じオメガだけだ。俺はベータだからね。軽々しく慰めでもして、花蓮を傷つけたくなかった。だから、俺は自分にできることだけしてきた」

これまではよき聞き役であることを一番に心がけてきたという優一は、その場所から一歩踏み出そうと決めたようだった。

「番になるには、本人たちが『なる』と宣言してなれるわけじゃない。手続きというか、儀式というか、特別な行為が必要なのは花蓮も知ってるよね？」

「知ってる。噛むんでしょう――アルファがオメガを」

そう、アルファがオメガのうなじや首筋を噛む行為によって、二人は番になれる。

そしてそれこそが薬で抑制する以外の、オメガのフェロモンを抑えるただひとつの方法だった。

番になると、フェロモンの作用も劇的に変わる。オメガのフェロモンに、番相手以外のアルファは誘惑されなくなるのだ。これはたとえ特別に強く反応するフェロモンで結ばれた『運命』の相手でなくても、ただのアルファとオメガの間でも成立する。言い換えれば、番の絆《きずな》はそれほどまでに強い。

「どれほど惹かれ合ったとしても、噛むか噛まないかを決めるのは当人たちだ。二人の間に愛があるからこその、番の儀式じゃないのかな」

「でも……」

「花蓮の気持ちはわかるよ。フェロモンに誘われ相手を欲しがる本能を、恋愛感情と勘違いしているだけ。そう疑ってるんだろう？」

花蓮は素直に頷いた。

「かもしれないね。世の中にはそうして一緒にいるアルファとオメガもいるんだろう。だけど、ほかの人たちはどうでも花蓮は勘違いしなければいい。愛ある絆を結べる相手を選べばいい」

どんな言葉も誠実に受け止めてくれる優一に、花蓮は思いを吐き出し続ける。

「でも、アルファってオメガを恋愛対象として見てないよね。セックスだけが目的の恋人だったり愛人だったり。そういう役割にぴったりの相手だと思ってる」

花蓮の知ってるオメガたちの嘆きが、声になって生々しく蘇る。

花蓮のように周囲にオメガであることを隠している者は多いが、彼らの本音はネットのなかにいくらでも転がっていた。

『ベータだって嘘ついてたのがばれたら、即ふられたよ』

『三年もつき合ってたのに、結婚相手には無理だって言われた。彼は親の反対を理由にしてたけど、本人も最初から私と一緒になる気はなかったみたい』

『子供がアルファだとわかったとたん、その子を取り上げられて私はお払い箱。家から放り出されちゃった』

『アルファの愛人やってる。どうせヤるだけの相手としか見られないなら、割り切った方が楽。大金もらってリッチな生活を楽しむのよ』

実は花蓮自身、高校生の時、初めての彼との別れをめぐって二度と思い出したくない嫌な体験をしていた。

それもあって、花蓮はロマンチックな恋愛を夢見つつも、ますます恋することに臆病になり、幸せな結婚の風景をほとんど思い描けなくなっていた。

「アルファ全員がそうじゃないだろ?」

「それは……そうだけど……」

貴臣に抱きしめられ、逃げるどころか抱きしめ返し、あんなことまで許してしまったのは、バグで引き起こされたヒートのせいなのか？　それとも貴臣が自分の運命の相手だからなのか？　花蓮は今も答えを出せずにいる。

（でも、あの人がオメガを恋愛対象として見ていないのは本当。インタビューで言ってたもの。オメガを選ぶのは、アルファとしての自覚が足りない未熟者のすることだって……）

チクリと胸の奥に痛みが走る。花蓮の心のざわめきは、大きくなる一方だ。

「もう少し肩の力を抜いてみたら？」

おもむろに立ち上がった優一が、花蓮の隣に来て座った。

「ベータの俺が言うのは無責任かもしれないけど、フェロモンてそんなに悪いものじゃないかもよ。出会いのきっかけのひとつだと思えば、ね？」

「きっかけ……」

「だって、この世の中には確かにいるんだよ。フェロモンに引き合わされたアルファとオメガが心から愛し合い、生涯一緒にいたくて番になった、そういう人たちが。彼らは夫婦や恋人同士として、俺たちの周りで幸せに暮らしてる」

そんな幸せなアルファとオメガの姿をたくさん映しているような、優一の瞳だった。

「たとえ二人を結びつけたフェロモンが相手にだけ強く反応する特別なものじゃなかったとしても、大した問題じゃない。心から望んで番になっても彼らは『運命の』とは呼ばれないけど、幸せにかわりはないだろう？」

優一が花蓮の心をそっと覗き込む目をした。

「もし、花蓮が気になるアルファと出会った時は――」

花蓮の鼓動がドキリと跳ねた。

「花蓮らしいやり方で、その人に一生懸命恋をすればいい。相手も同じ気持ちを返してくれるようになったら、最高だよね。その上、その人が最初から花蓮と番になるべく運命づけられた相手だったら、幸福を奇跡と言い換えたっていい。アルファとオメガにだけ許されてるその奇跡みたいな恋愛を自分は成就させたんだって、胸を張ればいいよ」

「お兄ちゃん……」

「すべては花蓮の心の持ち方次第だと、俺は思うな」

優一はそう言って、最後にまた微笑んだ。


「じゃあまた。メールする」

昼休みが残り五分を切ったと帰り支度をはじめた優一に、花蓮は思わず手を伸ばしていた。

「お兄ちゃん、私――」

「わかってる。また、たまごサンド差し入れに来る。だから、その時までにいつもの元気な花蓮に戻ってること。約束だぞ」

「うん……」

花蓮は立ち去る優一の後ろ姿を、廊下に出て見送った。ボロアパートの錆《さ》びた階段を駆け下りる音が、あっという間に遠ざかっていく。

花蓮は扉の前に立ったまま、右手を見た。

（さっき――）

さっき自分は優一を引き留め、何を言おうとしたのか？

階段の手前で振り返って手を振った優一は、花蓮が言いたかったことを、花蓮自身より知っている気がした。

知っていて、はぐらかした？

「ねぇ、お兄ちゃん。これは……違うのかな？」

優一のそばにいると、心穏やかになれる。居心地のいいゆりかごにすっぽり身体を預けているように、とても安心していられる。こんな気持ちになるのは優一だけで、ほかの男性の誰にも抱いたことのない感覚だった。

これは恋ではないのだろうか？

時折浮かんでは、花蓮の心を揺らす思い。

答えを知りたい衝動に駆られた花蓮は、だが、優一にかけた言葉が最後まで続かなかった。伸ばした指先は、優一を捕まえる前に動かなくなった。

（私はまた……）

花蓮は右手を強く握りしめた。

自分はまた貴臣のことを考えている。優一と同い年だが、料理どころか炊飯器のスイッチひとつ押しそうにない貴臣の、いかにもアルファらしい自信に満ち溢れた顔を思い浮かべている。

もし、貴臣の恋人が病気になったら、彼は彼女の好物を差し入れるよりも病室に花を飾るよりも先に、最高の医療が受けられるよう、グループ傘下の大病院を手配するのだろう。

やはり雲の上の人だと思う。貴臣自身にその気がなければ、この先、二人が会う機会は二度とない。そもそも花蓮は彼にあまり好感を抱いていなかった。なのになぜ、頭から離れてくれないのか。今や花蓮がアルファと口にする時、心のなかに在《あ》るのは貴臣一人なのだ。

『可愛いんだから、ねだっていいんだ』

貴臣に囁かれた右耳が、カイロでも押しつけられたようにじわりと熱くなってきた。

どう扱っていいのかわからない彼への感情が、花蓮をうろたえさせる。穏やかで温かな優一への思いより、花蓮を困らせ振り回す。

「フェロモンが悪い。全部、フェロモンのせいだ」

心のなかで何十回となく呟《つぶや》いてきた台詞は、もはや自分にそう言い聞かせるための呪文と化していた。

その時だった。

「お嬢ちゃん」

扉の前に立ち尽くしていた花蓮は、声のする方を見てギョッとした。

「奴隷市場《どれいいちば》はどうだった？　結果、聞きにきたんだけど」

花蓮にパーティーの斡旋《あっせん》をした闇金の男だった。

いつもの癖で両手をポケットに突っ込み、肩をそびやかして歩いてくる。近づくにつれ、重量級の身体が視界いっぱいに広がった。

「クラブからお買い上げの連絡はあった？」

職務質問に引っかからないよう着るものには気を使っているそうだが、一度でも目を合わせればそんな努力は無駄だと知れる。男があくどい商売で食べているのも、世の中のルールなど道端の石ころぐらいにしか思っていないのも、すべて顔つきに出てしまっている。

「ないの？」

「ありません」

「誰の目にも留まらなかった？」

留まるはずがなかった。貴臣との間に起こったハプニングのような出来事を除けば、花蓮は愛人レースのコースにも立てなかったのだから。

「しかたねぇなあ」

男はわざとらしくため息をつき、首を横に振った。

「すみません」

花蓮は一応頭を下げた。

「あのパーティーで飼い主を見つけるチャンスは、一回きりなんだよ。こうなったらあんたには仕事を増やしてもらうしかないわな」

「……わかっています」

本日、無職が決まった花蓮にとって、職探しは目下の急務だ。

借金で実家はとうに手放し、その後、家族で暮らしたアパートも花蓮の大学卒業と同時に引き払った。今は三人別々に暮らしている。父親は建設や運送など実入りのいい短期の仕事を、あえて転々と渡り歩いていた。母親は某企業の保養所で住み込みで働いている。両親の年齢を考えると、仕事を増やして頑張れるのは花蓮しかいなかった。

稼ぎのいい愛人職に絞っての求職活動を続けるべきか？

（ううん、駄目。もう二度と考えるのはやめよう。私にはあんな……）

クラブの薄暗いホールで、オメガたちの見せたあられもない姿に、どうしても自分を重ねられない。アルファの前であんなふうになってしまうオメガの自分と向き合う勇気がまだないことを、パーティーでの出来事は教えてくれた。

「おい、ブローチ持ってきな」

「え？」

唐突に命じられ、花蓮は戸惑う。

「パーティーでもらっただろ？　名刺がわりだってな」

「ええ……もらいましたけど。どうするんですか？」

百合の花を象《かたど》った高級ジュエリーは、ハンカチに包んでメイクボックスの奥に仕舞ってあった。

「どうするって、決まってんだろ。金の代わりにいただいてくんだよ」

その言葉で、花蓮に飼い主が見つからなくても、男がさほど落胆していない理由がわかった。

「あのブローチを作ってるのは、アルファしか相手にしない超一流の工房なんだ。で、一点ものとくれば、高く売れないわけがねぇ。俺なんかと違ってハイクラスのベータのなかには、アルファに関わるものならなんでもありがたがって欲しがる連中が結構いるんだよ。自分も上流階級の仲間入りした気分が味わえるんだと。ブローチは最低でも百五十万はするが、そいつらの間ではほぼ倍の値段で取り引きされてる」

男は見栄《みえ》を張るベータをくだらねぇと馬鹿にしている。アルファでさえ金づるとしか考えていない男の目は、オメガの花蓮も蔑んでいた。飼い主をフェロモンで釣る淫らな性。まさに奴隷市場の商品としてしか映っていないのを、はっきりと感じた。

「わかったらさっさと取って来い」

男は「俺にとってはあんたよりずっと価値があるもんだ」と、花蓮を嘲笑《わら》うのを忘れなかった。その冷たく歪む唇を見た瞬間、花蓮は思わず扉を背に守るように立っていた。

「なんだぁ？　渡さねぇつもりか？　三百万と聞いて欲が出たか？」

男は毛虫に似た眉を上げた。

花蓮は無性に腹が立った。

最初からブローチの金額が計算に入っていたのだとしたら、パーティーに出ると決めた時点で自分は売られたも同然だった。どれほど悩んで迷って昨夜の参加を決めたのか。必死だった自分を、こんなゴミでも眺めるような目で見ていたなんて。

(誰が渡すもんか!)

花蓮は意地でも男の言いなりになりたくなかった。

まだ残っている借金の額を考えれば、三百万円ぽっちたいした金額じゃない。ブローチを渡しても渡さなくても、背負う苦労はたいして変わらない。花蓮は心のなかで返済に追われる人間にあるまじき言い訳をして、男に逆らった。

「持って来い!」

「嫌です」

反抗的な花蓮の目に、イラついたように男が怒号を放つ。

「そこをどけ!」

「嫌です!」

「だったら、俺が家捜ししてでも持って帰るまでだ」

煙草《たばこ》臭い息を吹きかけられ、肩を突き飛ばされた。背中を扉に強かに打ちつけ痛みが走ったが、花蓮は引かなかった。

「どけっ!」

「帰ってください!」

パーカーの首元を両手でつかまれ、全身を揺さぶられた――その時だった。

「彼女から離れろ」

突然飛んできた鋭い声に、花蓮の鼓動が大きく跳ねた。一瞬、痛みを感じるほど心臓が震えた。

声の主が誰か、聞いた瞬間、わかったからだ。

「なんだ、てめぇは？」

男は花蓮を扉に押しつけたまま、廊下の向こうに立つ上等なスーツ姿の男性を睨《にら》みつけた。

男も『彼』の顔を知っているはずだが、まさか天下の御曹司《おんぞうし》がこんな雨染みだらけの廊下に現れるとは思いもしないのだろう。まったく気づく様子もない。

「彼女に触るな」

「はあっ？」

「聞こえなかったか？　触るなと言ったんだ」

「てめぇ、誰に偉そうな口きいてんだ！」

吠《ほ》える男にスーツの男性——泉貴臣は言った。

「彼女は俺のものだ」

言い切った貴臣に花蓮の心臓は飛び跳ね、急に静かになった。

驚きを押し退け、信じられない気持ちが込み上げてくる。

（本当に、本物の泉貴臣なの？）

「誰のもんだってかまうかよ！」

男は貴臣を敵とみなすや、脊髄反射《せきずいはんしゃ》で殴りかかった。喧嘩《けんか》慣れしている男の動きは、花蓮が息を呑むほど速かった。

身長は貴臣の方が高いが、ウエイトでは圧倒的に不利だ。拳を作って腕を引き、固めた男の巨体はまさに肉弾。

貴臣はきっと弾き飛ばされる。

「あっ」

花蓮は思わず声を上げていた。だが、目は閉じなかった。いや、閉じることができなかった。

わずかに身体をずらしただけで、貴臣は最初の一撃をかわした。

次の瞬間——再び突っ込んできた男の顔面を、貴臣の手ががっちりとつかんでいた。腕がしなって長くなったかと見えるほど、素早い動きだった。

男の後頭部を壁に打ちつける。

手を離すと、男は貴臣の足元にまるで空気の抜けた人形のように崩れ落ちた。白目を剥き、半開きの唇が小刻みに震えている。

攻撃を最小限に抑えた一連の動きは、おそろしくスピーディだった。そのうえ一切の無駄がない、特撮ヒーロー級のスマートさだ。もともと高い身体能力をさらに磨きあげたアルファでなければ、こうまで鮮やかに相手を倒せなかっただろう。

花蓮の鼓動が、大きく息を吹き返した。間違いなく彼だった。

昨夜のパーティーで、自分がオメガであることを思い知らせた泉貴臣が、再び目の前に立っている。

「この男、金の取り立てか？」

貴臣はわずかに曲がったネクタイを整え、花蓮の方を向いた。驚いたことに貴臣は花蓮が借金を背負っていることも、この男がどういう人間かも知っているようだった。

貴臣は花蓮が頷《うなず》くのを確かめてから、スマホで誰かを呼んだ。

「貴臣様」

おそらく貴臣の指示でアパートの外で待っていたのだろう。側近なのかボディーガードなのか、貴臣よりひと回りは年上らしきスーツ姿の男性が二人、慌てた様子で階段を駆け上がってきた。

床に放り出された闇金の男の丸太のような手足は、いまだピクリともしない。貴臣は部下たちに「気がついたら事情を説明してやれ」と言って、介抱するよう命じた。

それから貴臣はもう一度花蓮に向き直り、歩み寄った。彼は真っ先に「怪我はないか？」と聞いた。

「一発ぐらい食らってもおかしくない状況だったぞ」

「怪我はないです。大丈夫です。あ……ありがとうございます」

花蓮はしどろもどろになって、視線を泳がせる。

（私の馬鹿！　なんでちょっぴり嬉しい気分になってるの？　王子様に気にかけていただいた平民の娘じゃあるまいし）

どこへ飛ぶのかわからないスーパーボールみたいに跳ね回る鼓動を抱え、花蓮は自分に腹を立てた。すると、「ふっ」と頭上で貴臣が微笑んだ気配がした。

「気が強そうだと思ったが、やはり怖いもの知らずらしいな」

「あ、あの……？　なぜ、あなたがここに？」

気を取り直し、勇気を奮い起こした花蓮に返ってきたのは、予想もしていなかった貴臣の一言だった。

「早瀬花蓮。お前と愛人契約を結びにきた」

花蓮はたっぷり十秒間、アルファの中のアルファと呼ばれる彼の眉目秀麗な顔をぽかんと見つめてしまった。

貴臣に愛人を作る気はなかったはずでは？　誰かに壮大な悪戯《ドッキリ》でもしかけられているのでは？

様々な感情が驚きとともにぐるぐると脳内を駆け巡り、花蓮は動揺する鼓動の音を聞いている。

「いきなり、なんですか？」

平静を装おうとして、花蓮はつい強い口調になった。

「なぜ私があなたの愛人に？　からかってるんですか？」

「なぜ？　パーティーの目的が何か、知っていて参加したんだろう？」

花蓮は返事につまった。それでもまだ頭のどこかに、愛人契約の話が現実とは思えない自分がいた。

相手はあの泉貴臣なのだ。日本一有名なアルファのなかのアルファなのだ。いきなり信じろという方が無理だった。

「昨夜、俺は接待であの場所にいた。クライアントにどうしても参加したいパーティーがあると誘われて、しかたなく、な。まさかあそこまで乱れた場だとは思わなかったが……、薬も普段通り飲んでいたし、問題はないと判断した。俺自身、相手を見つけるつもりはなかったんだ」

そこまで言って、貴臣の鋭い視線が花蓮を捕らえる。

「だが、お前と会って気が変わった」

花蓮は動けなくなった。

（どうして？　なぜ私が？）

理由を考えたくてもその力まで奪ってしまう、彼の強い眼差しだった。

「借金は俺が一括返済した」

貴臣の一言に、花蓮はギョッとした。

「契約金の前払いということにしておこう」

止まっていた花蓮の思考回路が、弾かれたように動き出す。

「全額って……」

三百万円でも焼け石に水の大金を、まだ二十八歳の彼が代わって返したという。大きく見開かれた花蓮の瞳に、たいしたことじゃないと言わんばかりの顔をした貴臣が映っている。

想像をはるかに超える貴臣の経済力に花蓮は怖《お》じけつつも、気がついたことがあった。

「ひょっとして……？　私がパートをクビになったの、あなたのせいですか？」

「ああ、お前をヘッドハンティングしたんだ」

花蓮の身の上をたった一晩で調べ上げることぐらい、泉グループの力があれば簡単なのだろう。借金の額や借り入れ先まで把握しているのだ。勤務先を知らないはずがなかった。花蓮の個人情報は、すでに彼の手のなかにある。

店長やママの様子がおかしかった理由もわかった。スーパーは泉グループ系列ではないが、『泉一族』の印籠の前には平伏するしかないだろうし、ママはそれ相応の見返りをもらったに違いなかった。

「……ずるいです」

「ずるい？」

「先回りして借金の肩代わりなんてされたら、断れなくなります」

俯く花蓮に、貴臣は意外そうな声を上げた。

「断るのか？」

「パーティーの前に渡された書類には、オメガにもその権利はあると書いてありました」

「断らないだろう？」

断言され、花蓮は顔を上げてしまう。

「お前は断らない」

貴臣の悠然とした微笑みが教えていた。借金返済は必要な措置だからそうしたまで。愛人契約の交換条件にするつもりなど、最初からまったく頭になかったと。花蓮がＯＫ以外の返事をするとは、貴臣は露ほども考えていないのだ。

なんという自信！

「俺は泉貴臣」

彼が一歩、花蓮に近づく。

昨夜キスを交わした唇が近くなる。

花蓮は思わず二の腕を抱いていた。身体の芯が震えている。昨夜から燻《くすぶ》っている熱の余韻が……、ようやく引きかけていたそれが、再び呼び覚まされる予感がした。

「早瀬花蓮」

パーティの夜、キスをした忘れられない唇が、花蓮の名を呼ぶ。

（お兄ちゃんとは違う）

今、花蓮の胸で暴れている鼓動は、優一の隣にいて感じる心地好い鼓動とはまるで違っていた。右手が彼に捕まった。

ふりほどけない。触れられているところから新しい熱が生まれ、花蓮に絡みつくようだ。

「俺は欲しいものはすべて手に入れてきた。もちろん、正統な手段を使ってだが」

貴臣の微笑みには見ている者の目を奪い、言葉までも奪う力があった。

「もっとも女性の場合、こちらが手を伸ばす前に相手の方から飛び込んできてくれる」

泉貴臣は、腹が立つほど自信家なのだ。

（傲慢よ）

そう罵ろうとした。でも――。

（この人の目は……）

間近で合わせた貴臣の目は、さっきまで床に転がっていたあの男とは違っていた。汚れたものを見る目ではなかった。花蓮を金で売り買いできるゴミと蔑んでいなかった。英明さを物語る吸い込まれそうに澄んだ瞳に、花蓮が映っている。

「お前は違う」

囁きが頬をかすめて、口づけられる。花蓮は柔らかく吸われるままに、うっすらと唇を開いた。

（熱い。ぞくぞくする）

花蓮はまたあの呪文を唱えなければならなかった。

胸で鼓動が高鳴り続けているのも、キスを拒めないのも、すべてはフェロモンのせいだ。さながら強い麻薬のように、一晩明けた今もまだこの身を侵しているのだと。

「どんなことをしても、たとえばさっきみたいに誰かを殴り飛ばしてでも欲しいと思ったのは、お前だけだ」

キスの合間に紡がれる貴臣の言葉は、優しく花蓮の鼓膜を震わせた。

「一分も一秒も待てなかった。だから、仕事の予定をキャンセルしてまで来たんだ」

彼の声には、恍惚《こうこつ》とした色が淡く滲んでいた。

（あぁ……）

なんて気持ちのいいキスなのだろう？　深く重ねられた唇からうっとりと蕩けていく感覚に、たちまち身体に力が入らなくなる。花蓮は縋るように貴臣の腕をつかんでいた。

『彼女は俺のものだ』

貴臣が男に突き付けた言葉に嘘はないのだ。彼が欲しいと思えばその瞬間に、花蓮は彼のものになる。花蓮との契約は成立したも同じなのだ。

「何者なんだ、お前は……。昨夜といい、俺をこんな行動に駆り立てるお前は――」

貴臣は花蓮の髪に顔を埋めて呟く。深い呼吸は、なぜか苦しげだ。

（あなたこそ何者ですか？）

花蓮も貴臣の胸に頬を押しつける。貴臣と出会い、目が合った刹那の衝撃が蘇ってきた。完全に抑えられていたはずのヒートを引き起こすほど、貴臣は花蓮のなかの何かを揺り動かした。

欲しい。私に触れてほしい。

揺り動かされた身体の奥から、突然、溢れてきた思いが息を吹き返す。大勢のアルファとオメガがいたのに、まるで世界に二人きりになってしまったようだった。

キスしてほしい。
私もあなたに触れたい。抱きしめたい。キスしたい。
あなたで私のなかをいっぱいにしてほしい。
私はあなたとひとつになりたい。

花蓮も知りたかった。

どんな理屈も理由も通用しない。再び会ってしまったが最後、キスひとつ撥《は》ねつけることができない相手が何者なのか？　気がつけばその背に両腕を回し、羞恥に塗《まみ》れながらも抱きしめ返さずにはいられない男とは、誰なのか？

貴臣とは、バグって暴走したフェロモンに操られた一時の関係か。それとも二人は——番になるべく生まれてきたのか。

『運命の番』

出会いそのものが奇跡とも呼ばれる夢のような関係を、花蓮は思い描いた。

知りたい衝動を、花蓮はもはや抑え切れなかった。答えを見つけなければ、この先、必ず引きずる。前へ進めなくなる。

「契約します」

花蓮は貴臣の胸で答えた。

でもそれは、キスに流されたわけではない。彼に強要されたのでもない。

「借金を綺麗にしてもらって、私は救われました。私だけじゃない。父も母も家族みんなです。ろくに休めない両親の身体が心配で、一日でも早く普通の生活を取り戻してあげたかったけれど、私にはどうすることもできなかった。本当に救われました。ありがとうございました」

花蓮は勇気を出して顔を上げた。すると、貴臣は何を思ったのか、花蓮の頭を子供にするようにポンポンと叩いた。

(――え?)

ふいに花蓮の胸に何やら瞼が熱くなるような、温かなものが広がった。だが、彼の行為の意味を推し量る余裕も、自分の気持ちの動きと向き合うゆとりも、今の花蓮にはなかった。

「私が一生かかっても返済できる額じゃないのは知っています。でも、肩代わりしていただいた分を少しずつでもお返しするつもりで、私は貴臣様と契約します」

花蓮は、貴臣の部下たちが彼を呼ぶ呼び方に倣《なら》った。

「貴臣様の愛人として、頑張って働きます」

花蓮は自らに宣言するつもりでその台詞《ことば》を口にした。

そう、これは受けた恩を返すための関係なのだ。そして、自分にとって彼が何者なのか、答えを見つけるための関係。

「それでいい」

花蓮はドキリとした。貴臣の表情が、今までとは少し違って見えた。彼にもオフの顔があるのかもしれない。

そう思わせる微笑みにぶつかった時、

「私、努力したいです」

花蓮は言っていた。

「貴臣様にプライベートの顔があるなら、私の前でも見せてもらえるように、せめて努力ぐらいはしたいんです。それが貴臣様にとっての居心地のいい場所を作ることになると思いますから」

アルファの彼がオメガの愛人に求めるものは別にあるとしても、素直にそうしたいと願ったのだ。

「……俺の顔か」

貴臣はまた微笑う。

「やはりお前は特別だな」

「え……」

「目を合わせても何を見ているのかわからない女性が多いのに、お前は違う。ちゃんと俺を見ている」

貴臣はそう言うと、花蓮の両頬に手を添えて、もう一度キスを落とした。

第三章　新米愛人の初めての体験

（愛人ってなんだっけ？）

見下ろす花蓮の視線の先には、貴臣の横顔がある。彼の頭の下には、緊張気味に揃えられた花蓮の膝があった。

そうなのだ。花蓮は今ベッド代わりになりそうなほど広くて立派なソファに座り、貴臣に膝枕をしている。

二人の前には巨大スクリーン。貴臣の自宅のシアタールームで今晩上映されているのは、彼のお気に入りの一作だった。猫好きで有名な某映画監督が撮った、［街角の猫シリーズ／ロンドン編］だ。上映時間はちょうど一時間。ちなみに昨夜はニューヨーク編、その前はナポリ編だった。

（私、このままでいいんですか？）

少し眠そうにも見える貴臣の横顔に、花蓮は心のなかでそっと問いかけた。この邸宅に来てからの出来事をひとつひとつ、自分の気持ちの変化も一緒に辿《たど》るように思い出していた。

＊＊＊＊＊

今からひと月近く前のこと――。

《オメガ性である私、早瀬花蓮は、アルファ性である泉貴臣と、バース性上の特異体質に基づいた愛人契約を交わします》

何やら小難しい一文ではじまる書類にサインした後、花蓮は貴臣に命じられ、彼が一人暮らしをする家に越してきた。

ただし、家と言っても人手に渡ってしまった花蓮の実家が物置小屋に見えるほどの大邸宅だった。家屋が大きければ、当然、敷地も広い。それも花蓮の常識を軽々と飛び越える驚愕《きょうがく》の広さだ。テラスの向こう、何本もの庭園灯が規則的に続いた先にこんもり茂った緑の一帯を見つけた時は、花蓮は正直、後退《あとずさ》ってしまった。

(まさかね。自宅にいながらにしてキャンプができるなんて、言わないよね？)

これまで風呂さえついていなかったアパートでカツカツの貧乏生活をしていた花蓮にとっては、外観を眺めるだけでも恐れ多くて、とても自分のような者が足を踏み入れていい場所とは思えなかった。

それなのに貴臣は、一泊何十万もする一流ホテルのスイートと見紛《みまご》うばかりの部屋を自室として使えと言う。そのうえ炊事も掃除も洗濯も、一切の家事はお手伝いさんがしてくれると教えられ、花蓮は半ば呆然《ぼうぜん》としてしまった。我に返って思わず聞いていた。

「で……？　私は何をすればいいんですか？」と。

愛人なのだからベッドでの仕事はあるだろう。だが、それ以外の日常をどう過ごせばいいのか。生活環境があまりに異次元すぎて、花蓮にはイメージすらできなかったのだ。

「教えてください。どうしたらいいですか？」

縋るような気持ちでつい迫ってしまった花蓮だったが、この時になって驚くべき事実が判明した。なんと彼は、今まで愛人を持ったことがないというのだ。

「私が初めて……？」

花蓮は目を丸くし、ポカンと聞き返した。

「本当に？」

「ああ」

「ほかには誰も？」

「いない。その意味でもお前は特別なんだ」

花蓮は信じられないと、貴臣を見つめた。てっきり愛人の三人や四人、当たり前のようにいるものと思っていたのだ。もちろん、オメガではなくアルファの愛人が。彼なら候補をアルファに限っても、相手は選《よ》り取り見取《みど》り、選び放題のはずだった。

「お前に何をしてもらうか、か……」

アルファのなかのアルファだからこそ持てる『アルファハーレム』の王に違いない。そう花蓮が勝手に思い込んでいた──実際は愛人を囲うのは初めてという貴臣は、花蓮の質問に考え込んでいたが、やがて「明日から毎日、帰宅後にお前と過ごす時間を作るつもりだ」と言った。

「仕事の都合によっては難しい日もあるだろうが、できる限り努力する。最低でも一時間。その間、俺の言う通りにしてくれ」

まるでオフィスで部下に指示でも出しているかのような口調だった。

「あの……、一時間だけですか？　一日に貴臣様とご一緒できるのは、夜の一時間だけ？」

「最適な睡眠時間を考慮すると、実はその程度取るのが限度なんだ」

「そうですか……」

その時、新米愛人の頭に浮かんでいたのは、『じゃあ、ベッドでのお務めもその一時間でこなすのだろうか？』という、芽生えて当然の疑問だった。でも、新米だけに面と向かって確かめる勇気も図々しさもなく……。

想像はしていたが、貴臣は本当に多忙な人なのだろう。業務連絡よろしく必要なことだけ伝えると、すぐに花蓮に背を向けた。さっさと仕事に向かう貴臣の後ろ姿を、花蓮は一人ポツンと見送った。

翌日――。

「貴臣様の大切なお客様と心得ております。何かありましたら遠慮なくお申しつけください」

本物の貴族に仕えるメイド頭のようなお手伝いさんが登場し、邸宅のなかを案内してくれたが、花蓮はまったくの上の空だった。なぜなら今日は花蓮にとって、特別な一日となるはずだからだ。貴臣から疑問の答えはもらっていないが、おそらくは今夜、花蓮は彼に抱かれるのだ。

（だってそれが、愛人というものでしょう？）

そのうえ、

（私はまだ誰とも経験がない。だから、貴臣様が初めての相手ということに……）

そう思えば、緊張どころの騒ぎではなかった。昨夜もほとんど眠れなかった。

夜になり、花蓮は貴臣が帰ってくる前にお風呂に入った。大理石でできた宮殿のような風呂場にまず圧倒され、次にスイッチひとつで何種類もの湯船を楽しめる最新システムに感心した。

美容サロン御用達《ごようたし》の高価なボディシャンプーの泡に包まれ、花蓮の胸が高鳴っている。恐れなのか期待なのか何なのか、自分でもよくわからない感情の高まりが鼓動を速くしていた。

（貴臣様の……、ご主人様のためにも隅々まで綺麗に磨かなくては）

そんなふうに思って一生懸命手を動かしている自分が、何だかとても恥ずかしかった。

（愛人だけど……、恋人じゃないけど、初めての相手が貴臣様なのは幸運だよね。だって彼は日本中の女性たちの憧れの的なんだから）

花蓮は自らを励まし、どうにか心を落ち着けようと焦った。すると今度は、まだ経験のない自分がどこまで彼を満足させられるのか。リアルな不安が頭をもたげて、鼓動は静まるどころかにぎやかになる一方だった。

風呂から上がり身支度を整え終わった頃、貴臣の帰宅が知らされた。同時にシアタールームに来るよう伝えられる。

（シアタールーム？　なんで？　寝室じゃないの？）

花蓮の胸はまたもざわつく。だが、愛人はいなくても恋愛スキルは当然、超マスター級の貴臣のこと。彼が何を考えているかなど、ビギナーの花蓮に読めるはずもなかった。

「とにかく頑張ろう。精いっぱいでいいから」

最後はとうとう声に出して自分を奮い立たせると、花蓮は指定された部屋に向かった。

緊張に強張る手で扉を開ける。部屋の中央の大きなソファに、すでに寛《くつろ》いだ様子の貴臣が見えた。

彼の視線の先には、まさにシアター級の大画面。毛糸玉と無邪気にたわむれる子猫の映像が流れていた。

(猫って……)

普段の貴臣のイメージからまるで遠いほのぼのワールドに花蓮は驚き、でも少しだけ可愛いと思ってしまった。

「ここへ来い」

貴臣が花蓮を手招いた。すべてオーダーメイドだと聞いた上等なスーツは脱いでおり、ワイシャツの首元も緩めた幾分ラフなスタイルだ。テレビや雑誌ではあまり見ない彼の姿に、花蓮の心臓はひときわ大きく跳ねた。

「座れ」

「は、はい」

「もっとくっついて座れ」

「……はい」

貴臣は花蓮の肩に腕を回して引き寄せ、二人の密着度が増した。身体の半分を彼の体温に包まれ、花蓮は自分が赤面するのがわかった。

(いよいよ……)

花蓮は俯き、身を硬くした。

きっともうすぐその時が訪れる。

（あ……）

彼が花蓮の匂いを嗅ぐように、髪に半分顔を埋めた。

心音が一気に走りはじめた。花蓮は息をつめ、ギュッと目を瞑《つむ》った。もしかしたらこのドキドキが彼の耳にも届いているかもしれない。

髪に埋まっていた唇は、いつの間にかその場所に口づけるように触れていた。

だが——それだけだった。

貴臣は花蓮に身体を寄り添わせてはいたものの、あとは猫を眺めていただけだった。やがて彼は花蓮の肩に回していた腕を解くと、「時間だな」と言って立ち上がった。花蓮の胸を甘く締めつけていたほのかな温もりが離れていく。

（どうして？）

花蓮にとって忘れられないひと時になるはずの時間が、キスすらせずに終わってしまった。呆然としている花蓮に、貴臣は明日もこの時間に来るよう言い置き、部屋を出て行こうとした。

「待ってください！　あの！　あの……、もういいんですか？　ほかにやることは……」

思わず呼び止めてしまったが、これではまるで「抱いてくれ」と言っているようなものだと気がつき、花蓮は頬を熱くした。しかし、貴臣はそんな花蓮の様子などまったく気にもとめていなかった。難しい会議の場で見せるような真剣な顔つきに変わって考えていたが、出てきた答えは「特にない」だった。

「あとは、泉貴臣の愛人として恥ずかしくない暮らしぶりを心がけてくれればいい」

彼はそう付け加えると、渡すつもりだったという一枚のカードを花蓮の手に握らせた。

鷹《たか》に椿《つばき》の泉家の家紋の入ったクレジットカードだった。今まで見たこともないどころか存在すら知らなかったその真紅のカードに、どれほどのステータスがあるのか。選ばれた者だけが持てると噂のブラックカードの何倍もハイランクに違いないそれを、貴臣は好きに使っていいという。

貴臣が出て行ってしまっても、花蓮はその場にじっと佇んでいた。

特別になるはずだった夜が何もないまま終わりを迎えた時、花蓮にただひとつ残されたのは、貴臣の熱だった。

それは彼が口づけで触れてくれた髪のそこここにあたかも残り香のごとく留まって、花蓮の胸を苦しくした。


(貴臣様の愛人として恥ずかしくないって、どうしたらいいんだろう?)

翌日から、そのことばかりを考える花蓮の毎日がはじまった。

すると、三日目の夜のことだ。貴臣が「カードは使わないのか?」と聞いてきた。

「ええ。特に欲しいものが思いつかなくて」

実際、花蓮に物欲はあまりなかった。たぶん借金に追われての生活が長かったせいで、質素な暮らしに身も心もすっかり馴染んでしまったのだろう。着るものをはじめとした身の回りのものは、引っ越しの時、持ってきた荷物で十分足りていると感じていた。だからこの三日間、カードに触れもしなかったのだ。

「なにもない?」

「はい？」

「そうなのか」

なぜか貴臣はとても残念そうな顔をした。

「それじゃあお前の好みがリサーチできないな」

「リサーチって？」

「服を一着買うにしろ、本人の趣味を入れた方がより似合うものが選べるだろう？」

「買ってくださるんですか？　貴臣様ご自身で、私に服を？　……どうして？」

「お前は何を着ても映えるぞ。せっかくの花を咲かせないまま放っておくのはもったいない」

「花……？　私が？」

さすがプリンス。女性を喜ばせる台詞《ことば》を、こんなふうにさり気なく口にできるとは！

（ま……、眩しいです）

恥ずかしさや照れ臭さともあいまって、貴臣とまともに目を合わせていられなくなった花蓮だったが、ふと思った。世の中には、異性にものを買い与えることに無上の喜びを見出《みいだ》す人間がいると聞く。お金持ちに多いらしい。もしかしたら貴臣もそうなのかもしれない。

（だったら、カードを使わせてもらおうかな。頑張って欲しいものを見つけようか）

花蓮は貴臣にあんなふうに残念そうで、ちょっと寂しそうな顔をさせたくないと思ってしまった。

（あ、そうか！）

花蓮はハッとした。新しく買い集めたもので着飾ったとして、果たして自分は貴臣の褒めてくれた『花』になれるだろうか？　そう考えた時、気がついたのだ。

（『花』にならなくちゃ駄目なんだ。彼が望んでいるのは、きっとそういうこと）

『花』になれば、泉貴臣の愛人として誰の前に出しても恥ずかしくない女性になれるのだ。

とはいえ口で言うほど簡単にはいかないと思った花蓮は、悩んだ末に形から入ることにした。

まずは下着に洋服、靴から装身具に至るまで、身につけるものすべてを開き直って、セレブ御用達の一流品で揃えることにした。

貴臣と並んで釣り合いがとれるよう、ヘアメイクもスタイリストも専属のスタッフをつけてもらった。マナーや美しい所作をマンツーマンで学ぶため、講師も雇った。

貴臣と会話する時、彼を退屈させない話題作りにもなるからと、舞台や演奏会に積極的に足を運んだ。専任のコンシェルジュに頼めば、どんなに入手困難なチケットもＶＩＰ扱いですぐに手配してもらえた。帰りには一見《いちげん》さんお断りの高級レストランで目玉が飛び出るような金額のコース料理を、いつも食べているような顔をして精いっぱい楽しんだ。

部屋に帰れば、より広く教養を身につけるのを目的に読書に勤《いそ》しんだり、ネットの配信番組を見たりして過ごした。

花蓮の存在は徹底して伏せられていたため、花蓮本人さえ秘密を守っていれば、外出も誰と会うのも自由だった。

「婚活うまくいってるみたいね。だって花蓮、輝いてる。それって、私たちの知らない誰かさんのためでしょ」

愛人パーティーの時、ヘアメイクをしてくれた先輩は、そう言って自分のことのように喜んでくれた。

他人の金を湯水のごとく使う後ろめたさを感じつつも、これも仕事と言い聞かせ、最初のうちは花蓮も夢のようにリッチな世界を好奇心いっぱいに楽しんでいた。

だが、半月も過ぎる頃には、案の定、居心地が悪くなってきた。

「なんだか……退屈」

一度呟いてしまったが最後、自分の声が頭から離れなくなった。

貴臣の財布を使って贅沢《ぜいたく》をしながら、退屈だとため息をつく。そんな自分が嫌で、余計に身の置き所のない気持ちになった。

(働きづめの時は苦しい苦しいばっかりだったけど、たぶんそれなりに充実感はあったんだなあ。私、自分のためにでもお金のためにでもいい、目的をもって身体を動かしてる方が性に合ってるみたい)

いつの間にか花蓮のなかに、愛人磨きとはもっと別の形で貴臣のために何かしたいという思いが芽生えていた。

そしてそれは、日を追うごとに大きく膨らんでいった。

そんな時、久しぶりに優一に会った。彼は花蓮の顔を見るなり見違えるぐらいお洒落になった、美人度がアップしたと褒めてくれたが、すぐに心配そうに眉根を寄せた。

「ハウスキーパーの仕事、大変なのか？　何か困ってることでもある？」

お兄ちゃんの、花蓮の変化を捉えるアンテナの感度は相変わらず高かった。

『ハウスキーパー』の言葉に、花蓮の良心はチクリと痛んだ。優一や家族には、貴臣に家事スタッフとして雇われたと嘘をついていたからだ。泉家に入るにあたって身綺麗にする必要があり、高額の借金はすべて肩代わりしてもらった。そう花蓮に説明された両親はたいそう驚きつつも、さすが泉グループだと納得していた。

「泉さんが気難しいとか？　あの人の場合、外ではストレス溜《た》まりまくりだろうしな。それを全部家に持ち帰ることを考えると、周りも気をつかうよね」

「ううん、気難しくはないんだけど、距離のつめ方がわからないっていうか……」

貴臣のまとったオーラの眩しさに、花蓮は気後れしてしまう。貴臣に近寄りがたいものを感じて、なかなか気軽に話しかけることができなかった。

(毎日必ず一時間はそばに置いてもらえるのに、あの人のろくな話し相手にもなれてないってことよね)

いっそ本当にハウスキーパーになって、貴臣専属を命じられたらどんなにいいだろう？

(そうすれば、お世話係としてやってあげられることがたくさんある)

だが、残念ながら声がかかる気配はなかった。

(いろいろ悩んでも、結局最後は愛人に戻ってしまう)

巨大グループの経営サイドにいて、貴臣が恐ろしく多忙なのは間違いないのだ。優一の言うように、ストレスは溜まっているだろう。そもそもが、そのストレス解消のお手伝いをするのが愛人の大切な務めのひとつではないだろうか。時には身体を張ってでも、ご主人様の疲れを癒す。

（パーティーでは逃げ出してしまったけれど、愛人契約を結ぶと決めた時、私、今度こそ覚悟を決めたんです。オメガであることを変えられないなら、受け入れるしかないって）

花蓮には、いつか貴臣に伝えたいと思っている秘かな決意があった。

（男と女がいて、アルファとベータとオメガがいて。六つの性が共存する社会に自分の足でしっかり立つことができたら、その時こそきっと、オメガであることをオープンにする勇気が持てる。私はそう信じて、貴臣様の愛人になる決心をしたんです）

だから、できるなら愛人として彼を癒す役目を与えてほしいと思う。

（この先、アルファのあなたといてオメガの自分がどうなってしまうのか、不安でいっぱいなのは変わりません。でももう、自分がオメガであることから二度と逃げるつもりはないんです。私は精いっぱい私の務めを果たしたい）

だが、契約を結んでもうすぐひと月が経つというのに、自分たちの間には何もなかった。

花蓮は毎晩、初日にそうしたようにシアタールームで寛ぐ貴臣のもとに出向く。二人でかっきり一時間、猫たちを眺めて過ごしている。ソファでの膝枕スタイルは貴臣が気に入ったらしく、今では決まりごととして定着している。

けれどそれ以上、二人が触れ合うことはなかった。貴臣は花蓮を抱きしめようともしなかった。

＊＊＊＊＊

(貴臣様。私、何かのお役に立てているのでしょうか?)

自分なりに一生懸命だった泉邸での日々を振り返った花蓮は、膝に乗せた貴臣の横顔に向かって心の中で問いかける。貴臣の瞼はいよいよ重たくなってきたようだ。呼吸も少しずつ深くなっている。

(画面のなかのにゃんこにも負けてませんか?)

無邪気な仕種《しぐさ》や愛くるしい表情で彼を癒す猫たちの方が、どう考えても役に立っている。

朝七時には出社する彼の朝食のテーブルに、花蓮は呼ばれなかった。妻でもないのに食卓を共にするのは図々しいので、気にしてはいない。ただそうなると、土日も関係なく夜遅くまで仕事に打ち込む彼と顔を合わせるチャンスは、ほとんどなかった。

深夜のシアタールームで過ごす一時間が、どれほど貴重か。貴臣との毎日を積み重ねるにつれ、このひと時の重みも少しずつ増していくようだ。それなのに……。

(私、枕代わりから話し相手に昇格すらしてないし)

自分はいったい何の役に立っているのか。花蓮は時々、無力感に負けそうになる。

(心臓、うるさい)

今やすっかり瞼の下りてしまった貴臣の横顔を、花蓮は見つめた。アルファのなかでも抜きんでた美貌を間近に、ドキドキしない方がおかしかった。膝枕というシチュエーションも、鼓動を速くするのに一役買っているだろう。でも、今夜、花蓮の心を揺らすこの感情は、いつものそれとは違っていた。

「疲れてるんですよね」

花蓮は囁いて、そろりと貴臣の頭を撫でた。普段は置き場所に迷って彼に触れないよう、ソファに落としている手だった。

(覚えてますか？　あなたが私の頭をポンポンって叩いてくれたことがありましたよね。まるで幼い子供にするみたいに。私、この頃、よく思い出すんです。あの時のあなたがどんなだったか)

返済地獄から救い出してくれた貴臣にお礼を伝えた時だった。彼はその大きな手でポンポンと、慈しむように花蓮に触れてきた。

記憶を蘇らせるたび、よく頑張ったと花蓮は褒めてもらった気持ちになる。借金の重圧と疲労に今にも押し潰されそうな自分を、親にも優一にも見せたくないと気を張っていた何年もの日々。明るく振る舞う笑顔の下で何度も潰れそうになった心を労《いたわ》られ、優しく包まれた気持ちになった。

(貴臣様も頑張ってるんですよね)

貴臣はきっと、どんな状況に置かれても一生懸命頑張る苦しさを、そして楽しさも、身をもって知っている。

少しだけ貴臣の額に触れてみた。指先に、彼の体温が伝わってきた。

「熱いです。働きすぎてオーバーヒートしてるみたい」

花蓮は「早く楽になりますように」と、額を撫でた。

日頃、思うようにおしゃべりできないもどかしさの分だけ、言葉が溢れてくる。

最近、広いこの家をことさらに広く感じるのは寂しいからだと、貴臣に触れた指先が、思いもかけず自分の本音を教えてくれる。

『私はあの人が好きじゃない』

花蓮は出会う前の貴臣に抱いていた負の感情を、今ではほとんど忘れかけていた。

その時だった。花蓮に忘れられない思い出をくれた大きなその手が伸びてきた。

「あっ」

花蓮は手首をつかまれ慌てて腕を引こうとしたが、彼は離してくれなかった。貴臣は花蓮を捕まえたまま、身体を起こした。まさか、眠っていなかったのだろうか？

「すみま……っ」

恥ずかしさに頬を熱くした花蓮の唇を、貴臣が塞いだ。強い力で引き寄せられ、抱きしめられる。一瞬、花蓮は硬く身を縮めたが、緊張はすぐにゆっくりと解けていった。アパートの部屋の前で交わして以来、約三週間ぶりのキスだった。

「……ん」

唇が離れた時、名残惜しげに零れた息は自分のものか。それとも彼のものか。走る鼓動を耳に、身体まるごと心臓になってしまった花蓮にはわからない。

互いに呼吸を整える短い間が空いた。

「花蓮……」

花蓮を腕のなかに閉じ込めようとでもするように、貴臣の抱擁が深くなる。

「お前のヒートには、事前のサインみたいなものはあるのか？」

「サインですか？　いえ……ありません。ほかのオメガと同じで、突然はじまります。ただ、貴臣様もご存知でしょうが、周期性があるのでいつはじまるか予想はつきます。不順な人も多いそうですけど、幸い私は順調です。一日程度前後することはあっても、大人になってからは滅多にずれていません」

ヒートの期間も人によってさまざまだが、花蓮は三日間ほどで安定していた。

「香水でいうトップノートのように、フェロモンが前もって微量に漂いはじめるというのは？」

「どうでしょう？　オメガの私にはわかりません」

黙り込んだ貴臣は、たぶん納得していない。

「フェロモン自体、まだ解明されていないことも多いからな。なぜ特定の相手にだけ強く作用するのか、その仕組みの半分もわかっていない」

泉グループがフェロモンに関わる薬の開発にいかに力を注いでいるのか。情熱的に語りはじめた彼の胸で、花蓮の心は急にシンと静かになった。

（貴臣様は、フェロモンに興味があるだけなんだろうか？）

ヒート期でなくてもセックスはできる。それなのに、なぜ貴臣は愛人にした自分を求めようとしないのか。

（ヒートしてないから？）

彼はフェロモンを放つ発情した自分にしか、欲望をそそられないのだろうか？　つまり貴臣はアルファらしい探究心で、フェロモンという謎に包まれた物質を追いかけているだけなのか？

『アルファがオメガを探すパーティーで会ったんだ。フェロモンが主役なんだ。何もおかしくないじゃないか』

周りはそう言って嘲笑うかもしれない。だが花蓮にとっては、突然目の前が明るくなって、今まで見えてなかった景色が突如として鼻先に広がったようだった。

恋人とは違うのだから、愛情をかけられないのはわかっている。でも。

（ほんの少しでも私に関心を抱いてくれてないの？）

愛人になってようやく与えられたキスが、花蓮の心を揺さぶっている。

（貴臣様……）

そっと吐き出した息が震えていた。

花蓮は時々、夢でも見たのではないかと思う。パーティーの夜の、彼と求め合ったあのひと時は、現実にあった出来事ではないのかもしれないと。

淫らな台詞で花蓮を口説き、強引に愛撫の手を伸ばしてきた貴臣の顔が、日を追うごとに遠ざかっていく。

愛人契約をしろと押しかけ、拳を振るってまで花蓮を自分のものだと主張した男は、本当に彼だったのだろうか。

（もうすぐだ）

とくんと鼓動が息を吹き返す。

（次のヒートはもうすぐ。来週の終わりには……）

自分は貴臣と、どんな二度目のヒートを迎えるのか。

花蓮の脳裏に、夢でもきっと忘れられないだろう夜の記憶が蘇る。固く閉じた瞼の裏いっぱいに、オメガの本性を剥き出しにした自分の姿が広がる。もう一度あんなふうになりたいとは思えなかった。

でも、次のヒートをきっかけに何かが変わるかもしれない。

（貴臣様が私自身に目を向けてくれるようになるかもしれない。そうしたら、私が彼にしてあげられることも見つかって、貴臣様のお役に立てる）

花蓮はふと息をつめた。貴臣を思う時、甘く胸を締めつけるこの感情はなんなのか？　オメガとしての一歩を踏み出した花蓮は、答えを探しはじめていた。

部屋のなかにエンディングテーマが流れ、スクリーンがトップ画面に戻った。

「ああ、忘れていた。今日は花蓮の分のゼリーも届けてもらったんだ。明日の朝、食事と一緒に部屋に運ばせる」

お気に入りの映像が終わればすぐに花蓮から離れる貴臣が、今夜はそうしなかった。しゃべると息がかかってくすぐったいぐらい、くっついている。

いつでもキスのできる恋人同士の距離が、花蓮の心をちっとも落ち着かせてくれない。頰の熱さが、耳朶やうなじへと散っていく。

「珈琲《コーヒー》ゼリーは、貴臣様の好物と聞いてます」

まとわりつく熱を誤魔化すように花蓮は少しおどけて言う。

お手伝いさん情報によれば、甘いものが苦手な貴臣が唯一進んで口をつけるスイーツだという。自他ともに認める珈琲党なのが、関係しているのかもしれない。目下、日本一美味しいと自ら太鼓判を押す商品を、店に頼んで毎朝のデザート用に届けてもらっていた。

「そんなに好きなら、どうぞ私の分も召し上がってください」

「ありがたい申し出だが、そういうわけにもいかない」

即答に花蓮が目を丸くすると、貴臣は大仰に腕を組む。

「欲望は敵だからだな」

「ええ？　ゼリーひとつですよ？」

「たかがひとつ、されどひとつだ」

貴臣は仕事に出かける時の顔をしている。大真面目なのだ。

「贅沢したいと思えばし放題の俺が、欲望を野放しにするとろくなことにならない。いずれ物事を測る物差しが狂ってくる。世間と感覚のずれた経営者では、グループの発展は望めない。時代の波に取り残されて、沈んでいくだけだ」

子供の頃は欲しいものがあってもそう簡単に買ってもらえなかったと、貴臣は教えてくれた。

「なぜ欲しいのか、本当に必要なのか。両親にプレゼンして父か母のどちらかを説得できれば、手に入る約束だった」

「プレゼンて……」

当然、なんでも買ってもらえるリッチな子供時代を送ったものと思い込んでいた花蓮には、意外だった。

(そう言えば、お手伝いさん情報のなかにあったな)

花蓮が貴臣の詳しい生い立ちについて知ったのは、この家に来てからだ。最初に邸内を案内してくれた女性が、泉家で長く仕事をしてきた古参のお手伝いさんだった。たぶん花蓮の立場を考え、貴臣についてよく知っておいた方がいいと気遣ってくれたのだろう。彼女が一度、花蓮の部屋に花を飾りに来てくれた時、さり気なく向こうから話して聞かせてくれた。

それによると、貴臣には赤ん坊の頃から専門のお世話係がいたという。つまり彼の生活の面倒をみたのはその女性たちであり、慈善事業を仕事とする母親は、息子のために食事も作らなければ弁当の用意もしなかった。高校卒業と同時に彼は両親と暮らす家を出され、当時別宅だったこの家で一人暮らしをするよう命じられたそうだ。

「貴臣様がどんなふうに育てられたか私も少し聞きましたけれど……、寂しかったんじゃないですか?」

花蓮はつい心の声を言葉にしてしまっていた。

欲しいもののプレゼンといい、共にしない食卓といい、子供にはそうする意味や事情を理解するのは難しかったのではないだろうか。花蓮は貴臣をかわいそうに思ったのだ。ところが、

「そんなふうに感じたことは一度もないな」

彼はあっさり首を横に振った。まるで見当違いの質問をされたという顔だった。

「確かに泉家では、ほかの家のような団欒《だんらん》の時間はあまりなかったかもしれない。だが、その分、三人でよく出かけたよ。旅行をしたり芸術鑑賞をしたり、俺は毎回待ち遠しくて、前の晩はよく眠れなかった」

貴臣の、両親との思い出を懐かしむ表情は、少年時代にかえったように楽しそうだった。

「今も三人揃うと、必ずグループの未来をどうするかの話になる。泉の名前を通して家族の気持ちがひとつになるんだ」

彼の話を聞きながら、花蓮は自分を恥じた。さっき彼は物事を測る物差しの話をしたが、

（たぶん私にもその物差しがあって、彼のこと、勝手に測ってた）

金持ちの家庭に金はあっても愛はない。彼は両親の愛情に飢えて育ったに違いない。そう考えるのはドラマや映画に毒された自分の思い込みなのだと気づかされた。

日々借金に追い回され、たまに揃って食べる食卓は貧しく、けれど互いの笑顔さえ見られれば心も胃袋も満たされる。それが早瀬家の家族の愛の形なら、泉家にも泉家の愛がある。どちらもいいし、どちらも正しい。

（だったら、私にもできることがあるかもしれない）

花蓮には閃《ひらめ》くように思いついたことがあった。

「お願いがあるんですが」

おしゃべりが続いている奇跡的な状況に背中を押されて、花蓮は勇気を出して貴臣を見上げた。

「なんだ？」

貴臣は花蓮を少し胸から離すと、真っ直ぐに目を合わせてくれた。

「ひとつは、私にも家の仕事をさせてほしいんです。貴臣様の食事の用意をしたりお部屋の掃除をしたり、言われれば庭の草むしりでも力仕事でもなんでもします」

少しでも彼の役に立ちたいなら、声をかけられるのを待っていては駄目だ。やれることを見つけて、自分から動かなければ。

「どうしてもと言うなら好きにすればいいが」

「新人スタッフの扱いでかまいません」

「わかった。担当者に頼んでおこう」

「それからもうひとつ。私の部屋を別のところに移してほしいんです」

続けて希望の場所を伝えると、貴臣は呆れたように聞き返した。

「物好きだな。あんなところに住みたいのか？　ずいぶん使っていない庭の番小屋だぞ」

「小屋ってサイズじゃないですよね。部屋数はないかもしれないけど、三人家族でも暮らせそうな立派な一軒家ですよね」

広大な庭を散歩している時に見つけた、まるで英国の湖水地方に建つ農家のような趣のある家を、花蓮は一目見て気に入っていた。後であの古参のお手伝いさんに聞いたところによれば、かつて庭園を管理する夫婦が住んでいたらしい。花蓮はそこで生活することを許してもらった。

「ありがとうございます。では、貴臣様。どうぞ、気が向いた時に私の待つ『別宅』に通ってきてください」

花蓮が誘うと、貴臣は訝《いぶか》しげに小さく首を傾げた。

「別宅？　俺が通うのか？」

「またの名を、珈琲ゼリーを好きなだけ食べられる家です」

「――？」

大きくなった彼の瞳が、どういう意味だと聞いている。

「愛人宅って、人目を盗んでこっそり悪いことするところですよ。むしろゼリーを二個以上食べない人は、門前払いです」

早瀬家には早瀬家の愛が、泉家には泉家の愛がある。だったら泉家しか知らない彼を、花蓮なりの家族の形でおもてなしするのは、ありだと思うのだ。

花蓮は貴臣の返事を彼の表情に探す。ほっとした。どうやらOKのようだった。

花蓮の背に回っていた手が離れた。やっとうるさい鼓動が大人しくなってくれる。花蓮が緊張を解いたのも束の間、

「花蓮……」

頬に触れられ、花蓮はとくんと心臓を鳴らした。

「マスコミは俺をプリンスと呼ぶだろう」

彼は花蓮の瞳を覗き込むように顔を寄せた。

「理由はわからないでもない。だが、俺はアニメや絵本に出てくる王子様とは違う。女性たちの夢を一方的に背負わされても困る」

貴臣は花蓮の両肩をつかんだ。

「でも、花蓮は違うんだな。お前は言っただろう。俺には別の顔があると。そうだよ。俺は珈琲ゼリーを二個食

える男だ。その気になれば悪いことのできる男だ」

そう言って貴臣は微笑った。色気を滲ませた唇は、不誠実なプレイボーイのそれだった。

「あ……っ」

自分を引き寄せ抱きしめる貴臣の強い力に驚き、花蓮はとっさに離れようとした。貴臣は許さなかった。花蓮の自由を奪い、唇を奪う。

「……っ」

さっきよりも強引なキスに、小さく喉が鳴った。深く重ね合わされると、微かに濡れた音がした。その淫らな響きに、花蓮は羞恥で耳から溶けてしまいそうだ。

逃げる花蓮の舌を、貴臣の舌が追いかける。からめ捕られて吸われる時、腰のあたりをそわりとした快感が這い上がってきた。

「花蓮——」

貴臣は花蓮の首筋に顔を埋めるようにして、すうっと深く息を吸った。

「絶対、何か事前のサインが出てるだろう？」

「匂いが……しますか？」

花蓮は聞き返すのがやっとだった。

「いや。でも、何か出ているはずなんだ」

くらくらと、キスの余韻に花蓮は酔っている。

「そのせいで俺はさっきも今も花蓮にキスしたくなった」

花蓮は目を閉じ、貴臣の胸に燃える頰を押しつけた。まるで強い酒でも飲まされたようだった。キスひとつで、びっくりするほど身体に力が入らない。

「そうでなければ、説明がつかないだろう？　少しの間も抑えられないこんな衝動は……。花蓮を愛人に欲しいと押しかけた時も、同じじゃないのか？　お前が放つ見えない何かが、俺を動かしたんだ」

答えを探す貴臣の呟きは、花蓮の頭を素通りする。こんなことで自分は二度目のヒートを乗り切れるだろうか？

「もうすぐ次のヒートだな。いつ？」

「たぶん……、来週の土曜日頃に……」

「薬は飲むなよ」

貴臣の胸で花蓮の両肩がぎゅっと小さくなった。必ずそう命じられるだろうと覚悟していた。だが、実際にその言葉を聞くと、たちまち膨れ上がる不安を抑えることができなかった。


翌週の月曜日。移ったばかりの新しい住まいにて、花蓮は久しぶりの自炊で朝食を済ませた後、ダイニングキッチンのテーブルでスマホの画面に見入っていた。

この小さな別宅への引っ越しは、思いの外《ほか》大変だった。幸い建物はリフォームが必要なほど傷んでいなかったが、長らくほったらかしだった室内の掃除に、昨日一日かかってしまった。本格的な荷物の片づけはこれからなので、ハウスキーパーの仕事は来週からでいいということになった。

［プリンス様のお茶会］

花蓮が昨夜見つけたのは、全国の泉貴臣信者が集まる老舗のファンサイトだった。メディアで取り上げられたニュースから世間で囁かれる噂話まで、貴臣に関する情報のほとんどが集まってくるらしい。

ファンが自由に書き込める広場もあって、読んでみるとそのパワーに圧倒される。彼女たちに一方的な夢を見られて荷が重いと嘆く貴臣の気持ちが、よくわかった。

貴臣は芸能人扱いはされているが、芸能人ではない。恋愛も結婚も自由なので、

『もしかしたらメガトン級の奇跡が起こって、彼とおつき合いできるかもしれないじゃない。アルファじゃなくても気にしない。むしろベータやオメガの方が、バース性の壁を乗り越えた世紀の大恋愛ができるかもよ』

そんなふうにたくましく妄想する彼女たちの一番の関心事——それは、当然ながら貴臣の恋人についてだった。

『西條美紀《さいじょうみき》が婚約者だって噂、やっぱり本当なのかな？』

『定期的に話題になるけど、決定的な証拠はあがってこないよね』

（西條美紀……って、あの西條美紀？）

何の気なしにファンのみんなのおしゃべりを覗いていた花蓮は、思わずスクロールする手を止めた。

花蓮は初めて、貴臣に結婚相手と噂される女性がいることを知った。

西條美紀はマルチな才能を誇るモデルとして、花蓮と同年代の女性たちのカリスマ的存在だった。二十八歳の彼女は今は第一線を退いて、新人モデルやアイドルのたまごの発掘、育成、マネジメントを手がける会社を経営

している。去年、共働きの女性をターゲットにしたファッションブランドを立ちあげたとも聞いた。

(女版、泉貴臣か)

優秀なアルファの彼女を、どうやら世間はそう呼んでいるらしい。

美紀は貴臣同様、元々ピラミッドの天上国の住人で、彼と同じアルファ専門の高校、大学を出ていた。同窓生であり同級生でもある二人は、結婚観も同じだった。美紀も、『アルファはアルファをパートナーに選ぶことで、社会への貢献度をより高めるべき』とインタビューで答えている。

貴臣と美紀の仲を噂するスレッドでは、写真も何枚かあげられていた。花蓮は今まで見流してきた美紀の姿を、観察する目で眺めた。

端麗だがきつい印象を与える美貌の持ち主だった。たとえば白の道着に黒の袴《はかま》を穿《は》かせ、弓か薙刀《なぎなた》でも持たせれば、さらに美しさが際立つだろう凛《りん》とした和風美人だ。きっぱりとしたショートヘアがよく似合っている。

(こっちの写真は? 隠し撮り?)

人影が複数見受けられる画像をタップして拡大する。

コートにストールを巻いているから、季節は冬だ。街路樹の下に佇む美紀が映っている。彼女は、その肩を抱き、顔を覗き込むようにして話しかける長身の青年と一緒だ。彼の顔はよく見えないが、間違いなく貴臣だろう。

花蓮の鼓動が大きく打っていた。

(キスする五秒前みたい)

眺めれば眺めるほど、そんな気がしてくる。

「ほんと、ドキドキする」

花蓮は苦しいぐらいに脈打つ身体を押さえつけようと、テーブルに突っ伏した。天板の冷たさが心地好かった。

まさか熱まで出てきたのだろうか。

急に自分の周りだけ空気が温度を上げたように感じた、その時だった。身体の芯を突き抜け、ぞくりと震えが走った。

「――え？」

うつ伏せた花蓮の背中が強張った。

（これ……？　まさかはじまったんじゃ？）

「……っ」

一気に乱れる呼吸が、花蓮に答えを教えてくれる。

突然――ヒートがはじまったのだ。

花蓮は誰もいないとわかっていて、慌ててあたりを見回した。早くどこかに隠れなくては！　とっさに花蓮はスマホを投げ出し立ち上がっていた。

「ベッドへ……」

フェロモンに呼び覚まされるぞくぞくとした疼きと闘いながら、花蓮は奥の部屋へ向かった。素早く動いたつもりが、すでにもう壁に手をつかなくては足も踏ん張れない状態だった。

二間ある洋間のうち、日当たりのよい方を寝室にしていた。ベッドとタンスを運び込んだだけで、荷物はまだそのままだ。花蓮は衣服のはみ出たダンボール箱に足を取られながらも、シーツの上にうつ伏せに倒れ込んだ。

抑制剤を飲まずに迎えたヒートは、覚悟していた以上に苦しかった。何本もの手に全身を撫で回される感覚からどう逃れればいいのかわからず、花蓮は小動物が身を守るように手足を縮めて丸くなった。

(まだ月曜日なのに、どうして?)

先週、花蓮に次のヒートの予定日を確かめた貴臣は、念のため花蓮のヒート期間に前日の金曜日を加えた四日間、仕事を休んで自宅にいるつもりだと言っていた。めったに狂うことがないと花蓮が説明したので、よもやこまでのフライングがあるとは考えてもいないはずだった。

(貴臣様は……そろそろ仕事に出かける頃だ……)

連絡しようかどうしようか、花蓮は迷っていた。貴臣のいる本宅と庭の別宅はずいぶん離れていた。フェロモンも届かないだろう。

(それに、今日は大切な会議があるって言ってた)

あの貴臣が珍しく緊張の表情を浮かべて見せたほど、重要な会議らしい。もし、花蓮が突然のヒートを迎えたと知っても、仕事を優先するに違いない。花蓮はスマホを取りに戻るのをやめた。

(ごめんなさい)

でも、申し訳なく思うより、安堵の気持ちの方が大きかった。花蓮は無意識のうちにセーターの胸に伸びた手を、触れる寸前できつく握りしめた。

「……っ」

秘めた場所にも少しずつ熱が溜まっていくのがわかる。オメガの肉体《からだ》が欲しがっていた。自分を満たしてくれる快感を。快感を与えてくれるアルファを。こんな浅ましい姿を見られるなど、やはり耐えられない。

（あなたが私を変えたの？）

ヒートがこんなに早く訪れたのも、一度でも貴臣と触れ合ったのが原因だろうか？　花蓮の脳裏を、番《つがい》の文字が過《よぎ》った。貴臣は番になるべく生まれた相手、運命のアルファなのだろうか？

「……ん」

花蓮の爪先がシーツをもどかしく掻いた。

——彼が欲しい。

どんなに押し殺そうとも、身体の芯から湧き上がる声に耳は塞げない。

と——突然、家の中いっぱいに不穏な音が鳴り響いた。

「な……に？」

花蓮は身体を起こした。誰かがノブごと玄関の扉を揺さぶっている。

（まさか、泥棒？）

セキュリティの行き届いた邸宅の敷地にどうやって入ったのだろう。

扉が静かになった。人の気配が家の外を回って隣の部屋へと移った。

「——！」

ガラスの割れる音がした。引き戸を開け、誰かが入ってきたのがわかった。乱暴な足音と共に、部屋の入口に影が差す。

危うく花蓮は悲鳴を上げそうになった。しかし、

「花蓮……っ」

侵入者が貴臣だと知り、大きく息を呑み込んだ。

冷静だった昨日までの彼とは別人に見えた。広い庭を横切りここまで走ってきたのだろうか。ネクタイが曲がっている。いつもはストイックなまでに完璧に着こなしているスーツが、風に煽られた旗のように乱れていた。

それにしても、なぜ貴臣がいきなり目の前に現れたのか。わけがわからず戸惑う瞳で見上げる花蓮を、貴臣は覆い被《かぶ》さるようにして抱きしめた。シーツの海に波が立ち、息もできないほど強い力に花蓮は溺れそうになる。

「やはりそうか……」

何を考えるよりも先に、花蓮の両腕は貴臣の背に回っていた。

「はじまったんだな」

花蓮は貴臣の胸に顔を埋めずにはいられなかった。早くこうしたかったとオメガの身体が訴えている。

「この匂い……、パーティーの時よりもくらくらする」

貴臣もきっと花蓮のフェロモンを、全身の細胞で感じ取っている。

「花蓮……」

花蓮は彼からのキスをためらいなく受けた。深く浅く、繰り返し重ねられる唇。

「まただ……。薬は飲んでいるのに……」

キスの合間に囁かれる言葉から、花蓮は彼が抗フェロモン剤を飲んでいることを知った。パーティーの時と同じものだという。自分の体質に合った、最も効果の高い薬だ。

「さっき出社のために車に乗り込もうとしたら……、お前の強烈な香りがしたんだ」

花蓮のフェロモンは、花蓮が絶対に届かないだろうと思っていた距離を易々《やすやす》と越え、抗フェロモン薬の抵抗も打ち破り、アルファの本能を揺さぶった。

「ほかのオメガには効いたのに、なぜお前だけが違うんだ?」

パーティーの夜、花蓮にぶつけた疑問がいまだ彼のなかで燻り続けているのが伝わる。だが、彼のキスには少しのためらいもないのだ。

(……気持ちいい……)

花蓮はうっとり快感に浸った。ここはどこかも、自分が今まで何をしていたかも忘れてしまう。唇だけではない、身体中に彼のキスを受けているようだ。

「ん……」

「ふ……ぁ」

互いの耳にうるさいほど乱れた息が、恥ずかしかった。もう相手を欲しがることしか考えられない。

いきなりブラジャーごとセーターをたくしあげられても、花蓮は逃げなかった。乳房の谷間に顔を埋められても、彼を突き放すどころかその頭を抱きしめていた。

「あ……ん」

左右の乳房を両手で握られ、花蓮は動物が甘えるように鳴いた。微かに走る痛みさえも気持ちがよかった。大きく盛り上がった膨らみに、貴臣が唇を押しつける。乳房の裾野《すその》からツンと尖《とが》った頂《いただき》へと、キスは少しずつ近づいていく。

(早く。早くそこにキスして)

ズキズキと敏感になった乳首を彼の息がかすめた。オメガの本能なのか。花蓮は心のなかで、信じられないほどストレートな言葉で彼を求めた。

「……花蓮」

吐息のような呼び声と共に、花蓮の望みは叶えられた。まるで火を灯されたように乳房全部が熱くなる。期待に震えた分だけ快感も膨らんだ。

「あ……やぁ」

花蓮は喘いだ。舌で転がされると、自然と背がしなった。もっと愛撫をせがむように、胸が迫《せ》り上がる。

「花蓮……」

パーティーの夜より優しい声で何度も名前を呼ばれて、花蓮は目を開けた。

「――え?」

貴臣の右頬に薄く血が滲んでいる。昨夜はなかった傷が短く走っていた。

「怪我して……」

胸が冷たくなる感覚に、花蓮は思わず指を伸ばしていた。貴臣は「我慢できなかった」と言った。

「大切な会議を放り出してでも、お前のもとに飛んで来ずにはいられなかった。お前に声をかけ、扉を開けてもらう、その間さえ待てなかった。最後には窓まで叩き割った」

貴臣は熱に浮かされたような目で自嘲する。

「飛び散ったガラスで怪我をしてさえまるで気にならない、自分がとんでもない行動を取っている自覚はあった。でも、どうしても我慢できなかった」

もう一度そう言った貴臣に、パーティーの夜の彼が重なる。あの時のように貴臣は、自分の変化に驚き、どこか苛立っているようにも見えた。

まだ靴を履いたままでいることに気づいた貴臣は、もどかしげに脱ぎ落とした。すぐにまた両手が伸びてきた。首の下まで引っぱり上げられた黒いセーターから、花蓮の白い乳房が零れている。貴臣は乱れた花蓮を誰にも見せたくないとでもいうように、深く胸に引き寄せた。

「お前のこの匂い……」

下半身を強く押しつけられ、花蓮はドキリとした。

「桃のように甘いこの香りを嗅いだとたん、俺は子供みたいに反応した」

布越しにも、彼の分身の昂《たかぶ》りが伝わる。

「俺の頭は花蓮でいっぱいになった。お前を抱くことしか考えられなくなっていた。初めて会った時よりも何倍も、何十倍も強い衝動だ」

部屋に飛び込んできた彼がベッドの花蓮を抱きしめてから、ほとんど時間は経っていなかった。だが、花蓮の腿に押しつけられた彼は、今にも弾けそうに張りつめていた。そうやってじっとしているだけなのに、むくむくとまた、たくましくなるのがわかった。

「こんなことでアルファの俺が追いつめられるなんて、誰が想像する?」

スカートを捲った手が、ショーツにかかった。

「お前は?」

「あ……駄目……」

「……お前も?」

貴臣は確かめたがっている。追いつめられているのは自分だけではないことを。花蓮は身を捩ったが、本気で逃げたいわけではなかった。拒む言葉も上辺だけのもの。本当は彼に触れてほしくて堪らなかった。

貴臣の急《せ》く手がショーツをはぎ取る。すでに花蓮の秘花が潤み切っている証が、布地を濡らしていた。

貴臣の指が短い亀裂に沈んだ瞬間《とき》、花蓮の腰が揺れた。

「んんっ……!」

指を与えられただけなのに、続けて一度二度と震えが走って、花蓮は彼の首にしがみついていた。

「花蓮……」

たちまちエクスタシーの波にさらわれた花蓮の表情を、貴臣は憑《つ》かれたように見つめている。秘裂から引き抜かれた愛撫の指に、今度は花弁の合わせ目をなぞられる。

「……ん」

昇りつめたばかりのそこは敏感だった。繰り返し行き来する指に誘われ溢れてくるものが、秘かな音をたてている。

「可愛いな」

乱れた息が花蓮の額をくすぐった。

「こんな台詞、キザで芝居がかっていると馬鹿にしていたのに」

苦しいものを吐き出すように呟く間も、貴臣の花蓮を喘がせる手は止まらなかった。蜜に塗《まみ》れた場所を大きくかき回しながら、秘密の入口を探っている。

「最初の夜もそうだった。お前のフェロモンは、俺の感情まで変える」

「……や……あ……」

固く閉じた花蓮の瞼の裏に蘇るのは、パーティーのフロアで見た欲しがるオメガの姿。甘くねだる女は、片方の足を男の足にからめて、秘花をなぶられる悦びに甘えた声を上げていた。

(あれは……私。私ももう、あの人と同じオメガの女)

どれほど決心を固めても、彼女のようになってしまう自分を花蓮はずっと恐れていた。嫌悪する気持ちを拭えなかった。

だが、いざその時がやってくると、すべてどこかへいってしまった。貴臣との出会いの夜のように、花蓮は自分を抑えきれない。貴臣が欲しくて欲しくて、うねる身体を止められない。消えてしまいたいほどの羞恥に焼かれながらも、彼の愛撫を貪ろうと腰が泳ぐ。

「花蓮……、欲しい」

もどかしい手つきで避妊具をつけた貴臣が、せっぱつまった声音で花蓮に告げる。

「あ……、貴臣さ……ま」

強引に脚を広げられたのか、自ら広げて迎えようとしたのか。花蓮にはもうわからなくなっていた。

──欲しい！

パーティーの夜に呼び覚まされた衝動が、あの時よりも強い力で花蓮を揺さぶっていた。

（この人が欲しい！　あなたで私のなかをいっぱいにしてほしい！）

抗いがたい渇望に支配され、花蓮は自分から彼の分身に濡れた花を押しつけていた。

「んん……っ」

すぐに花蓮の望みは叶えられた。猛《たけ》った彼が入口をこじ開け、とろとろに蕩けた路《みち》を突き進んでくる。初めてと思えないほどすんなりと、花蓮は大きく勃《た》ち上がった彼を呑み込んでいく。まるで最初から二人がひとつになることが決まっていたかのように。

痛みなど、少しも感じなかった。この身体の奥まで貴臣にいっぱいに埋められていく感覚だけが、ただ鮮やかだった。花蓮にとっては初めての体験であることよりも、相手が貴臣であることの方が大切だった。

「花蓮、口を開けて」

深く唇を重ねてくる貴臣は、キスで花蓮の意識を蕩けさせながら、雄々しく硬い分身で花蓮を貪る。大きく突かれるたびに、ぱあっと弾けるように快感が広がった。彼の動きを追いかけ、花蓮の腰も波打ち揺れている。

本宅の部屋から運び込んだベッドは、英国製のアンティークのものだった。二人の動きに合わせ軋《きし》む音の生々しさに、羞恥をかきたてられる。でも、やめられなかった。

「花蓮……っ」

「貴臣さ……ま」

(こんなにもあなたが欲しいのは、私がオメガだから？)

ふいに頭をもたげた心の声に、花蓮は心臓をつかまれたように苦しくなった。

(私がオメガであなたがアルファだから、こうなふうに我慢できないぐらい欲しくなるの？)

答えはわかりきっているはずなのに、思いはぐるぐる巡る。

(フェロモンのせいですか？　それだけですか？)

言葉にできない思いが、自らの心に重くのしかかる。

(貴臣様……！)

花蓮は縋りつくように貴臣を抱きしめていた。

シアタールームで突然された甘く情熱的なキスが、花蓮は忘れられない。あの日の口づけは、ヒートしていない花蓮に与えられたものだった。

貴臣の強引さは、パーティーの夜と変わらない。けれど、抱きしめてくる手が優しくなったと感じるのは、自分勝手な思い込みだろうか。

貴臣が花蓮の脚を抱えた。腰が浮き上がった分だけ、彼がさらに深いところまで入ってくる。うろたえるほどの快感が押し寄せてくる。

「貴臣……様、もっと……」

このまま長くひとつでいたくて、花蓮は彼を何度も締めつけていた。

「……っ」

重ねた肌の向こうに貴臣の弾む鼓動を感じると、花蓮の悦びは一気に高まった。快感が膨らむにつれ、胸を締めつける痛みも強くなる。

花蓮は気がつくと、懸命に自分自身に言い聞かせていた。これは愛し合う者同士の行為とは違うのだから、と。

（フェロモンに狂わされているだけ。彼は私を愛しているわけじゃない）

愛してはいないのにしっかりと抱きしめてくれる、そんな彼の優しい腕に包まれ昇りつめた時。花蓮は固く閉じた両目が濡れるのを感じていた。


花蓮の上で果てた貴臣はしばらく肩で息をしていたが、やがて静かに半身を起こした。花蓮の身体を気遣うように、自分をゆっくりと引き抜く。だが、言葉はなかった。無言の貴臣は、すぐに花蓮から離れた。

こちらに背を向け身繕いする貴臣を、ベッドの花蓮は横になったまま、ぼんやりと見ていた。この身体をいっぱいにしていた彼が出て行く時、もっとずっとひとつに繋がっていたくて、引き留めたい衝動に駆られた。でも……。せめて熱く求められた余韻に浸りたかったのに、彼の腕は自分を突き放すように解かれてしまった。

さっきまでどれほど力強く自分は抱きしめられていたのか、花蓮は記憶を手繰《たぐ》ろうとした。

——いい気になるな。恋人でもないのに。

理性の囁きだろうか。頭のなかが急にクリアになったようで、花蓮は慌てて起き上がった。自分も彼に背を向ける。

(なんだか不思議。あれだけ暴れてた衝動が嘘みたいに収まってる)

ヒート期のオメガは、発作にたとえられる今日のような状態に何度か陥るのだという。そのたびに貴臣が抱いて鎮めてくれるのだろうか？　俯く花蓮の頬に血が上ってくる。

(だって……そうする以外、どうすることもできないんだもの)

「これがオメガか……」

服の乱れを直していた花蓮は、聞こえてきた呟きにハッとした。

「パーティーの時も思ったが、まるで獣《けもの》だな」

セーターを引き下ろす花蓮の手が、ゆっくりと止まった。

(獣……)

自分でも、オメガの性は発情期の動物のようだと辛く思う瞬間がたびたびあったが、貴臣の口を通して聞くと、余計に耳を塞ぎたくなった。

獣と呼ぶにふさわしい、欲望を剥き出しに彼を求め続けたオメガの自分が、今まで以上にとても恥ずかしく浅ましい存在に思えてきた。あれほど高鳴っていたのが嘘のように、胸のなかに冷たい沈黙が広がった。

「花蓮……」

貴臣に呼ばれても、花蓮は振り向けない。

と……、花蓮の身体をふわりと柔らかなものが包んだ。貴臣が落ちていた毛布を拾って掛けてくれたのだ。

優しい気配に誘われ振り向こうとした花蓮に、貴臣は命じた。

「花蓮、薬を飲め。ヒートがはじまってから飲む種類のものだ。持っているか？　手元になければ、後で何種類か届けさせる」

花蓮は呆然と貴臣を見上げていたが、やがて「わかりました」と小さく頷いた。それを見て貴臣は安堵したような笑みを浮かべた。

「ヒートが終わるまでは、この家で自由に過ごすといい。ハウスキーパーの仕事はそれからでかまわない。俺のことも気にするな」

「……はい」

花蓮の返事は、今にも消え入りそうだった。

貴臣に、自分に近づくなと言われた気がした。

第四章　惹かれあう身体、届かない心

大きな家って怖い。花蓮はホラーな洋画を見るたび、思っていた。

部屋数が多いうえ、立派に人の住めそうな屋根裏部屋はあるは地下室はあるはで、どこに誰が潜んでいてもわからない。たとえば某スプラッタームービーには、冗談みたいに広い居間が出てきた。調度品だの衝立《ついたて》だのがやたらと置いてあり、ホームバーはもちろん、収納力たっぷりの納戸や召使が控える小部屋までが併設されていた。

当然、殺人鬼はその気になれば隠れ放題だ。

泉邸がまさにそうだった。映画の犯人はソファベッドと床の隙間に這いつくばって主人公を殺す機会を窺っていたが、花蓮の場合は鉢植えだった。花蓮は今、背の高い観葉植物の陰から、貴臣と誰かの会話に耳を澄ましていた。


貴臣の家に来て初めてのヒートは、二週間前に終わった。

あれから今日まで、貴臣とは屋敷の主人と使用人として顔は合わせても、二人きりになる機会は一度もなかった。貴臣の帰宅後、二人で過ごす約束も、理由の説明もなく中断したままだ。彼のために用意した珈琲ゼリーも、結局はいつも花蓮が食べている。

花蓮は貴臣と個人的に連絡を取る手段を持たなかった。愛人はただ待つのみが暗黙のルールだ。

（私は遠ざけられているのかもしれない）

ともすると頭をもたげてくる不安に突き動かされ、花蓮は大胆な行動に出た。月曜日の深夜、貴臣の車が館の門を入ってくるのを確かめてから、本宅に忍び込んだのだ。

もしも誰かに止められても、花蓮は自分を抑えられなかっただろう。貴臣が何を考えているのか、なぜ会ってくれないのか。花蓮は貴臣の気持ちが知りたかった。貴臣に会えない寂しさも、胸がつまるような苦しさも、とっくに抱えきれないほど大きなものに育っていた。

住み込みのスタッフたちは、とうに別棟にある自室に引き上げている時間だ。花蓮はつい泥棒のように息を殺し、足音に気をつけながら、長い廊下を人の気配のする方へと進んでいた。

貴臣が客を連れてきたことに気がついたのは、中途半端に開いた客間の扉から洩れる光を見た時だった。二人の話し声が聞こえてきた。

（……女の人？）

貴臣の客は女性だった。花蓮は光のそばまで行ったものの、立ち聞きする勇気が出ず、一度は回れ右をした。その足が止まったのは、女性が「オメガ」という単語を口にしたからだった。

花蓮が迷ったのは一瞬だった。息を潜め、扉の隙間から部屋のなかへと身体を滑り込ませると、すぐそこにヤシの一種らしい鉢植えが見えた。花蓮はとっさに自分よりも背丈のある植物の陰に隠れた。

話し声はバーカウンターの方から聞こえてくる。柱と葉が邪魔になり、花蓮のいる場所から二人の姿は見えない。

「私は質問しているのよ。貴臣」

（呼び捨て？）

夜遅いこの時間に、貴臣の自宅で一緒にお酒を楽しめる仲なのだろう。よく通る凛とした声は、どこかで聞いたことがあるような気もする。花蓮はますます相手がどんな女性か知りたくなった。

「もう一度聞くわ。あなたがオメガの愛人を持ったというのは、本当？　本人の口から直接答えが聞きたいの」

（私のことだ）

花蓮は思わず身を縮めていた。詰問するような口調の彼女に、貴臣の渋々といった声が応じる。

「どうして知ってるんだ」

「認めるのね。あ――でも安心して。私だけの特別な情報網だから、世間様にはばれてない」

「なんだ、情報網って？　スパイでも飼ってるのか？」

「ナイショ。そりゃあどんな手を使ったって、確かめたくもなるでしょ。あなたは私が将来のパートナーにと見込んでる男なんだもの」

（あっ）

彼女の名前が閃《ひらめ》くように花蓮の頭に浮かんだ。

西條美紀――巷《ちまた》で貴臣の恋人と噂される、元モデルの美人社長だ。

貴臣の愛人情報を耳にしたという彼女の声音は、最初から変わらなかった。貴臣の返事を聞いた今も、取り乱した様子はない。

「近づくべきじゃなかった」

独り言めいた貴臣の一言に、花蓮はドキリとした。鼓動が嫌な感じに跳ねた。

「わかりきってることじゃない。オメガが私たちにとってどんな存在か、定義されてるでしょう？　今さらどんな興味が湧いたっていうの？」

花蓮も美紀と一緒に貴臣の返事を待った。貴臣は答えない。

「ねぇ？　何かの実験？」

焦れったそうに重ねて尋ねた美紀に、花蓮の不穏な鼓動は一気に騒がしくなった。

（実験？）

二人の会話が進むにつれ次第に苦しくなっていく息を何とか呑み込むと、喉に苦いものが広がった。

「貴臣らしくない表情《かお》してるわね。よく見せて」

美紀が貴臣の頬に手を添え、覗き込むように瞳《め》を合わせる光景がまざまざと頭に浮かぶ。今度はズキンと胸の奥が疼いた。

「後悔している顔ね。珍しい」

「言うな」

「それとも嫌悪してる顔かな」

「……言うな」

姿が見えない分だけ研ぎ澄まされた花蓮の耳は、貴臣のついた、ため息ひとつにもこんなに震えている。心にまでも波が立つ。

急に会話がなくなり訪れた静けさが、ひたひたと花蓮のところまで寄せてきた。花蓮の脳裏に［プリンス様のお茶会］サイトで見た親密そうな二人の姿――『キスする五秒前』の写真が蘇る。

沈黙に押し潰されそうだった。花蓮は部屋を飛び出したい衝動を必死に抑えて、そろりと廊下に出た。足音を忍ばせ、キッチンに向かう。

（実験だったんですか？）

貴臣が美紀と二人きりでいる客間から遠ざかるにつれ、花蓮は小走りになった。

（実験のために私を愛人にしたんですか？）

大人数のホームパーティーが開かれても対処できるだけの広い調理場には、出入りの業者が利用する裏口があった。花蓮は自分もいつも使っているその扉から転がるようにして外に出た。

あれだけ強引に、花蓮には情熱的としか思えない力で自分をこの館に連れてきたのに、その後の彼が冷静な顔しか見せなかった理由がわかった気がした。

貴臣はただ、二度目のヒートを待っていたのだろう。パーティーで自分の身に何が起こったのか事実を確かめ、肉体が暴走した原因を知りたいと、最初の夜と同じ薬を飲み、検証の機会がくるのを待ち受けていた。

シアタールームでくっついて座れと命じたのも、膝枕をさせたのも、きっとそうだ。意識してオメガを自分の周囲から遠ざけてきた彼には、実験のひとつだったのだ。オメガがヒートしていなくても、条件次第でアルファはヒート期に似た影響を受けることがあるのか、フェロモンに関する薬も手掛けている泉グループの御曹司は、探りたかったのではないだろうか。

（やっぱりあなたが追いかけていたのは、フェロモンだけ。私は視界《め》に入っていなかったんですね）

だから、愛人の肩書を与えたのにほとんど触れてこなかったのか……。

『お前は特別だ』と言った貴臣の声を、この耳は忘れていない。

花蓮はいつからか、心の深いところで無意識のうちに夢を見ていたのかもしれない。繰り返し囁かれたその台詞を、甘くロマンチックなベールでラッピングしていた。

（あの人の『特別』は違うのに……）

きっとそれは『特別な実験テーマを与えてくれるオメガ』という意味だろう。

（結果が出たから、私に興味をなくしてしまったんですね）

貴臣は、美紀の言うオメガの定義が正しいと確認したのだ。

（だから、会いたいとも思ってくれなくなっちゃったんですね……）

貴臣が会ってくれなくなったこの二週間。自分はとっくに突き放されていたのだと思うと、別宅に帰る足が急に重たくなった。ぎくしゃくとうまく動かせなくなり、やがて止まってしまった。

封じていた嫌な記憶が蘇ってくる。

『花蓮ちゃん、ほんとはオメガなんでしょ？　だったらお願い。ヒートの時、俺を呼んでよ。ベータの俺なら安心じゃない？』

高校二年の夏につき合いはじめた初カレは、街で声をかけてきた大学生だった。

その頃の花蓮は、いい雰囲気だった片想いの相手が別のクラスメートとつき合い始めてしまい、落ち込んでいた。見るからに遊び慣れていそうな男だったが、寂しさからついナンパされてしまった。

だが、何度か会ううちにヒートが来たら呼んでほしいとしつこくねだられるようになり、彼の目的に気がついた。

ベータのなかにはオメガにタチの悪い興味を抱く者がいるという話を、花蓮も聞いたことがあった。彼らの目には発情期に苦しむオメガの姿が、媚薬に悶《もだ》える娼婦に映っているのだ。チャンスがあればそんなオメガとセックスを楽しみたいと思っている。

彼もそうしたベータの一人だった。バース性判定を請け負う医大の学生だった彼には、個人情報を得るツテがあるようだった。彼は花蓮がオメガなのを知っていて、声をかけてきたのだ。最初からセックス目当てだったと知り、花蓮は彼に別れを告げた。

『オメガが何もったいぶってんだ。ヤるのが好きなくせに。セックスで人類にコーケンするしか能がないの、わかってんだろ？』

幸い無理やり奪われることはなかったが、別れ際に彼に投げつけられた台詞は、太い棘《とげ》となって長く花蓮の胸に刺さったままだ。

『まるで獣だな』

貴臣の呟きが、今になって棘の切っ先をさらに胸の奥へと押し込んだ。

貴臣もあの医大生と同じだったのか。二人が抱き合っている間、貴臣の目に自分はヤルのが好きな、セックスするしか能のない女としてしか映っていなかったのか。

（きっと、そうだ）

だから、貴臣は美紀に嘆いたのだろう。彼は花蓮に近づかなければよかったと後悔している。そもそもオメガ性の存在価値には懐疑的な彼だ。フェロモンを振りまき快楽に溺れるオメガを、きっと嫌悪している。

花蓮は厨房《ちゅうぼう》に戻ると紙とペンを借り、貴臣宛ての短い書き置きをした。

『契約を解消してください』

スマホと財布だけを手に、花蓮は泉邸を出た。

花蓮は深夜の道をただ歩いていた。梅雨の気配を含んだ風に押され、肩がゆらゆら揺れている。まるで糸の切れた凧《たこ》のように頼りなく……。

花蓮は今にも泣きだしそうに歪んだ唇をへの字に結んだ。

（私、スキャンダルを気にかけてるんだと思ってました）

貴臣が愛人を持ったことを世間に伏せているのは、芸能人以上に人気のある彼が、面倒なトラブルや醜聞を避けたいからだと思っていた。もちろんそれもあるだろうが、おそらく大きな理由はほかにある。

彼はアルファやベータではない、オメガの愛人を持ったことを恥じているのだ。花蓮の存在を人々に知られ、泉貴臣の名前に傷がつくことを恐れている。美紀の言っていたオメガの『定義』が、もし『アルファにとってオメガは悪いものでしかない』ということなら、貴臣はオメガ性を下に見ているということ。

花蓮は彼と出会う前、泉貴臣に抱いていた負の感情を思い出した。どうして自分は忘れていられたのか。

『全部フェロモンのせいよ』

何かあるたびに縋ってきた呪文を、だが、今夜の花蓮は唱えなかった。なぜ忘れていられたのか、答えはすぐに出たからだ。

「楽しかったんです」

人気《ひとけ》のない道に、花蓮の影が立ちすくんでいる。

貴臣と過ごすひと時が、楽しかったから。一日の終わりの一時間に満たない時間でもよかった。黙って肩と肩をくっつけているだけで、膝枕しているだけで、心臓はくすぐったいように弾んだ。そして……。

(ヒートしていなくても、あなたにキスされるのは嫌ではなかったから)

まるでお菓子でも食べているようなキスだった。重ねている唇から甘く蕩けていく感覚は、忘れたくても忘れられない。

貴臣と過ごした毎日が実験だったなら、花蓮は彼とは違う結果を手にしていた。

『フェロモンてそんなに悪いものじゃないかもよ。出会いをくれるきっかけのひとつだと思えば、ね』

いつか聞いた優一の、花蓮の心を包み込む柔らかな声が蘇る。花蓮が憧れながらも、何度も打ち消してきた言葉だった。

(でも、いつの間にか私はそう思えるようになっていた)

――いい気になるな。恋人でもないのに。

いつかの理性の囁きが、花蓮を現実に引きずり戻す。

——お前はキッチンの裏口から出入りするような人間なんだぞ。

花蓮はうなだれた。貴臣一人に注がれる、日々形を変え色を変え自分を苛む感情の正体を、今は考えたくなかった。真正面から向き合う力も残っていなかった。

花蓮はようやく止まっていた足を踏み出した。こういう時、何も聞かずに迎えてくれる相手は一人しか思い浮かばなかった。


深夜、突然訪ねてきた花蓮の顔を見ても、優一はやはり何も聞かなかった。

「いいよ、いいよ。しばらくここにいろよ。俺は誰か泊めてくれるやつ見つけるから。大丈夫。俺に友達多いの、花蓮も知ってるだろ」

そう言って、優一は笑顔ひとつで迎え入れてくれた。

どんな時も無条件で応援団でいてくれる相手のいることが、今の花蓮にはどれほどありがたかったか。一晩眠って起きた時には、これからどうしようか、先のことを悩むだけの余裕も生まれていた。

(お館に荷物を置いたままだし、貴臣様に立て替えてもらった借金のこともあるし。このまま放りっぱなしでいいわけないのはわかってる。わかってるけど……、今は駄目。彼のこと、考えたくない)

考えると苦しくなる。呼吸をするのが下手になる。

貴臣の愛人になって時間が経っても、花蓮に彼と直接連絡を取る手段がないのは変わらなかった。貴臣の方からコンタクトを取ろうとしている様子もない。実験は終了したのだ。もしかしたら愛人契約も花蓮の書き置き一枚で解消され、捜す気もないのかもしれない。

花蓮の心は今も、こんなふうにところかまわずズキズキ痛むというのに、貴臣との間を繋ぐものはもはや何ひとつ残っていなかった。花蓮には、貴臣と出会ったことさえ幻のように思えてくる。

「ありがとう、お兄ちゃん。だいぶ気持ちも落ち着いたので、とりあえずお母さんのところに身を寄せます。新しい仕事を見つけなきゃだけど、贅沢は言わないつもりだから何とかなると思う」

花蓮が今後の身の振り方について優一に報告できたのは、貴臣のもとを飛び出して三日目のことだった。目下、専門学校時代の先輩の部屋を宿にしている優一だが、毎日時間を見つけては花蓮の顔を覗きに通ってくれていた。

「そっか。おばさんのそばなら安心だな」

優一自身、ホッとしたのだろう。嬉しそうに何度も頷いてくれた。

「なあ。散歩がてら、店に行かないか？　花蓮も久しぶりだろ」

朝食の後片付けに立った花蓮の背中に、優一が提案した。本人は今日は仕事のない休日だが、彼の働く珈琲ショップは年中無休だ。

「お茶しようよ。新作のキャラメルタルトと一緒に。気分転換にもなるんじゃないか」

「うん。行きたい。お世話になったお礼に、私におごらせて」

二人で玄関を出る時、優一は花蓮の肩をポンポンと叩いた。

頑張れよ。

声にはしなくても、花蓮を気遣い励ますお兄ちゃんの心が伝わった。

(お兄ちゃんは、本当にお兄ちゃんなんだね)

優一への感情が恋ではないと、花蓮にはもうわかっていた。花蓮にとっては優一も貴臣と同じ、ポンポンされればホッとできる存在だ。だが、一緒にいて胸が熱くなるような瞬間は、優一との間には生まれなかった。そのかわり、幼い頃にかえって素直な気持ちになれるのは、彼の前でだけだ。

(アルファの貴臣様と一対一で向き合うようになってわかったんだ。お兄ちゃんがベータなのも、私には安心感に繋がってたんだなあって)

「花蓮、空を見て。五月は終わっちゃったけど、これこそが五月晴《さつきば》れってやつじゃない?」

花蓮の前を見慣れた後ろ姿が行く。いつでもどんな時でも、優一は花蓮を見守ってくれていた。花蓮が間違って手を伸ばしかけた時も、それとなく遠ざけてくれた。

(私が何も話さなくても、お兄ちゃんは気づいているんでしょう)

花蓮が貴臣への想いを抱え悩んでいるのを、たぶん知っている。昔から優一にだけはめったに隠し事ができないのが不思議だったが、彼が自分を本当の妹として大切にしてくれている証と思えば、謎は解ける。

「お兄ちゃん、いつも頼ってばかりでごめんなさい。ありがとう」

思わず涙ぐみそうになった花蓮に、

「なんのなんの」

少しの気負いも感じさせない笑顔が振り返った。花蓮はワンピースの裾を元気よく翻し、優一を追いかけた。

駅前から延びるアーケード街は、近隣に学校が複数あるせいか人通りが多く、昼夜を問わず活気があった。花蓮も泉邸に引っ越す前はよく利用していた。目的の珈琲ショップは出口に抜けるちょうど真ん中あたりにあって、巨大なリスのぬいぐるみとセットで飾られたウェルカムボードが目印だった。

「ねぇ？　泉さんってどんな人？」

やはり優一は花蓮の心が誰にあるのか気づいているのだろう。さり気なく質問された。

「いい人？」

「え？　ん……、まあ……悪い人ではないけど」

「そう」

「お兄ちゃんは彼のこと、嫌いじゃないの？」

花蓮はふと頭に浮かんだ疑問を返していた。

「俺が？　どうして？」

「継ぐはずだった家業が潰れたのは、泉グループ傘下のショッピングセンターが近くにオープンしたからでしょう？」

「あくまで原因のひとつね。ほかにも老舗の名に胡座《あぐら》をかいて企業努力が足りなかったとか、通販事業に乗り遅れたとか、敗因はあったんだ。だから、嫌ったり恨んだりはしてないよ」

優一は、両親にはっきり意見の言えなかった自分も悪いと反省している。

「店を継ぐ人間は俺しかいないんだって言い聞かせて、自分なりに頑張ってるつもりだったんだ。でも、本当は俺、和菓子にそれほど興味がなかったんだよな。親の前じゃ言えなかったけど、子供の頃から好きなお菓子はみんな洋菓子だったし。努力が中途半端だったのは、最初から情熱が足りてなかったから。父さんたちには悪いけど、正直、今の仕事の方が楽しい。断然やり甲斐を感じてる」

「そうだったの」

二人肩を並べてアーケードに入ると、商店街のすぐ裏手にある女子大で新歓イベントでも開かれているのか、やたら若い女の子たちでにぎわっていた。

「泉さんもさ。たまにはどこかに逃げたいんじゃないかな」

(逃げたい？　貴臣様が？)

何だかまったく見当違いの言葉を聞いた気がして、花蓮は優一を見た。

「ウチの店は老舗の看板こそ掲げてたけど、企業規模で言ったら従業員十人に満たない小所帯だった。それでも後継ぎの俺の重圧は相当なものだったんだ。泉さんが将来背負ってくのは、俺の何百……何万倍でしょ。同い年なのにすごいよなあ」

優一は肩をちょっと落としてため息をついた。

「アルファって大変だよ。彼らのイイトコばっか見てると忘れちゃうけどね。常に競争を強いられる性、成果を期待される性だ。それに応えられるだけの能力があるからこそのアルファなんだろうが、でも彼らだって人間だからさ。たまにはため息つきたくなることだってあるんじゃない？」

優一はアルファの女性にも同情した。

「もし結婚して家庭に入りたいって思ってても、なかなか口に出せないだろうね。周囲には仕事と家事を完璧に両立させるスーパーウーマンになるしか、許してもらえなそう。俺なら好きになった子がアルファでも、一人で頑張らないでほしい、頼ってほしい、守ってあげたいって思うけどな」

花蓮の頭に西條美紀の顔が浮かんだ。世間ではまさにカリスマ・スーパーウーマンとして語られている。確かに花蓮も、彼女に専業主婦のイメージは抱いていなかった。

(イイトコばっかり見てるつもりはないけど、アルファの悩みなんて考えたこともなかったな)

では、アルファにとってフェロモンはどういう存在だろうか？　花蓮のなかに、ふとそんな疑問が頭をもたげた。

(オメガと違って、必要なら自分の身体で実験だってできちゃうぐらい冷静に扱えるものだと思ってたけど？)

花蓮の目には貴臣も、フェロモンに対する反応を単なる生理現象と捉えているように見えた。フェロモンは探求欲をそそられる未知の物質であって、自分のように悩みの種にはなっていないのではないだろうか。

カフェの看板リスの、くるんと丸まった大きな尻尾が見えてきた。

優一が歩調を落とし、花蓮の顔を軽く覗き込んだ。

「花蓮、大丈夫？　顔、赤いよ？」

「え？　赤い？」

「部屋を出る時は気のせいかと思ったんだけど、どうもそうじゃないみたいだな」

花蓮は思わず足を止め、両手で頰を挟んでいた。

(私も気のせいだと思ってた)

少し歩くと汗ばみそうに暖かい日だ。見上げたアーケードの屋根越しにも、明るい陽差しが降り注いでいるのがわかる。うなじのあたりがぽうっと熱いのは、今日のこの晴天のせいだと思っていた。


ぞくっ。


覚えのある震えが、花蓮の身体の内側を這い上がってきた。

(嘘……？　嘘でしょ？)

花蓮はうろたえた。次のヒートまでは、まだ日があるはずだった。この前も予定より一週間近く早かったが、今回は花蓮の予想を超えてさらに早い。花蓮は薬を飲んでいなかった。

「花蓮？　やっぱり具合が悪い？」

優一の心配する声が徐々に遠ざかり、耳の中でどくどくと血流の音がする。

(どうしよう、こんなにたくさん人のいる場所で！)

どうか耐えられますように。平気なふりをしていられますように。

花蓮は一瞬、固く目を閉じ、祈った。

花蓮は、今は離れてここにはいない貴臣を思った。パーティーの夜、彼と出会う前触れのように身体を駆け抜けたあの感覚を思い出していた。

「どうしよう……お兄ちゃん」

フェロモンに抵抗しようと力むあまり、花蓮の全身が強張った。

「ヒートがはじまったみたい」

「えっ⁉　ほんと？」

優一もさすがに焦っている。オメガを恋人に持つか、オメガが性的なサービスをする店にでも行かなければ、ベータがヒート期のオメガを見る機会はほとんどない。兄妹のように育ったとはいえ、花蓮も優一に見せたことはなかった。

近くの店に逃げ込んで、抑制剤を分けてもらおうか。最近はお客さんが急にヒートを起こした場合に備えて、置いているところも増えている。でも？　もしその店にアルファがいたら？　言いようのない不安が湧き上がってくる。

道の真ん中で俯き動けなくなった花蓮は、周りの空気が変わったことに気がついた。妙にざわついている。

（気づかれた？）

通行人たちが囁き合う声、誰かの上げる驚きの声が、あちちからもこちらからも聞こえてくる気がした。

『見ろ、オメガがいるぞ』

『こんな街中で恥ずかしいヒートを起こしているぞ』

（みんなきっと、私を指差して嘲笑《わら》ってる！）

花蓮が両耳を塞ぎたくなった時だった。

「花蓮、ちょっと――大変だ！」

優一に腕を引っ張られた。

「泉さんだ！」

「――え？」

どうしても上げられなかった花蓮の顔が、道の先を見た。急ぎ足でこちらにやってくるのは、紛れもなく貴臣だった。

女子大生だらけのアーケードが、ざわつかないわけがなかった。オメガが街中でヒートを迎えれば、周囲にもすぐにわかる。あっという間に好奇と蔑みの視線が集まってくる。しかし、帝国のプリンス・泉貴臣の存在感はケタ外れだった。貴臣に奪われた人々の視界に、名もないオメガが入り込む余地はなかった。

（なぜ彼がここに？）

いったいどんな偶然なのだろう？　束の間、ヒートしていることも忘れ、驚いている花蓮の前までくると、貴臣の足は止まった。彼は花蓮と合わせた目を、すぐに隣に向けて会釈をした。仕事用の真面目な顔だ。

「羽村優一さんですね。私は泉貴臣と申します」

「えっ？　あっ、はっ、い。よく存じております」

返事を噛みそうになるぐらい優一は慌てている。よもや自分などにあの天下のプリンスが、挨拶とはいえ頭を下げるとは思っていなかった。そういう顔だ。

「あ……れ？」

優一がハッと瞬きをした。

「なんで俺の名前？　俺たち、会ったことありましたっけ？　いや……ないよな？　会ってたら忘れるわけないもんな」

頑張って思い出そうとしている優一に、貴臣は「初対面です」とニコリともせずに言った。

「実は、彼女に私のところに来てもらうに際して、少し身元調査のようなことをさせてもらったんです。二人は家が隣同士で、幼い頃から家族ぐるみのつき合いをしてきたんですよね」

優一は、自分がうっかり忘れて無礼な態度をとったわけではないとわかってほっとしつつも、まだ少し面食らっている。

「羽村さんなら彼女がどこにいるのか知っているんじゃないかと思いました。それで、あなたの仕事場を訪ねるところだったんです」

貴臣は珈琲ショップの近くまで来て、花蓮が優一と歩いて来るのを見つけたらしい。

花蓮は襲いくるフェロモンの熱波と懸命に闘い、今にもしゃがみこみそうになりながら、貴臣と優一の会話を聞いていた。

貴臣が目の前にいるのが、本当に不思議だった。自分を捜して優一を訪ねてきたと聞いても、まだ信じられなかった。

「羽村さん」

貴臣の改まった口調が伝染《うつ》った様子で、優一は「ハイ」と姿勢を正した。

「あなたはアルファですか？」

「えっ？　俺ですか？」

再び面食らった顔つきになった優一は、それでも行儀のよい姿勢を崩さず答えた。

「あー、いえ、俺はベータです」

張りつめた表情を浮かべて見えた貴臣は優一の返事を聞くと、「そうですか」と言って微かに頬を緩めた。だが、すぐに口元を引き締め、花蓮を見下ろす。

「遠くからでもすぐにわかりました。彼女はヒートに入っています」

「……みたいですね」

貴臣の視線が花蓮に戻ってきた。

「力になれるのは、アルファの私だけです」

どくん。

花蓮の鼓動はヒートした身体ごと跳ねた。まるで引力に引っ張られでもするように、そのまま彼の胸に飛び込んでしまいそうになる。

「アルファのなかでも、私だけが彼女の力になれます」

私だけと繰り返す貴臣に、花蓮の鼓動は走りはじめる。

「彼女は私が連れて行きます」

「そんな……！　勝手に決めないでください。私、あなたとは――」

花蓮は乱れた呼吸を呑み込み、後退りかけた。

「行っておいでよ」

優一が花蓮を送り出すように、その背を柔らかく押し戻した。

「泉さんの言う通りだ。俺じゃ花蓮に何もしてやれない」

「そんなことない」

「悪い人じゃないって教えてくれたのは、花蓮だろ？」

戸惑う花蓮の肩を優一が、玄関を出る時もしてくれたようにポンポンと叩いた。

「力になってくれる人の前でなら、意地っ張りを返上してもいいんじゃない？」

優一が言い終わるや否や、貴臣は堂々と花蓮と手を繋いだ。

「彼女には私のところに戻ってもらうつもりなので、心配しないでください」

「そんなつもりは……！」

貴臣は花蓮の抗議を最後まで聞かずに歩きはじめた。

「待って！」

貴臣の足はぐんぐんスピードを上げる。有無を言わせぬ力に引っ張られ、花蓮は前のめりになった。力の入らない足を必死に動かし、ついていく。

周りの空気がまた変化した。今度こそ皆の視線が自分に突き刺さるのを感じた。

「誰よ、あの子？」

「なんでなんで？　なんで貴臣様と手を繋いでるわけ？」

「うそ？　ちょっと、彼女、オメガじゃない？」

「ほんとだ、ヒートしてるっぽい！」

「なんでプリンスがオメガの女と？　絶対相手にしないんじゃなかった？」

花蓮の全身が火照っている。きっと頬も耳もうなじも、身体のあちこちが湯上がりみたいに赤く染まっているに違いない。呼吸が一気に速くなり、視界も潤みぼやけて……。

ヒートの熱に侵されていく自分が周囲の目にどう映っているのか、花蓮は知っている。そんなオメガの女を連れた貴臣がどう見られるのかも。

自分たちにスマホを向ける人の姿が何人も目に入った。今、この瞬間、ネットに写真がアップされているかもしれない。明日には貴臣はスキャンダルに目がないマスコミの餌食になり、あることないこと騒ぎ立てられるに違いない。

（そんなの、いや！）

突然、繋いだ手を強く握り返してきた花蓮を、貴臣が振り向いた。

「早く……私をどこかへ連れてって。お願い」

急に態度を変え懇願をはじめた花蓮に、貴臣は驚いている。

「車を停めたパーキングはすぐそこだ」

そう説明してもう一度、花蓮を引っ張った手に戸惑いがあった。

「私……、そのへんに隠れて待ってますから、一人で……行ってきてください」

「五分もかからないぞ」

「これ以上目立つの……、私はいいけど、貴臣様にはよくないです」

貴臣は花蓮の言葉にふっと目を大きくした。花蓮が何を気にかけているのか、知ったのだろう。

「私との……オメガとの関係は、貴臣様の仕事にもあなた自身にも悪いことしかもたらしません。私に責任はなくても……、これ以上、貴臣様に迷惑をかけたくありません」

貴臣からは即座に一言、返ってきた。「迷惑などかからない」と。

「気が利かなくて悪かった。もう辛いよな」

貴臣は花蓮の提案を受け入れなかった。それどころか、無意識のうちに二人の距離をとろうとしていた花蓮を引き寄せ、抱き上げた。

「貴臣様⁉」

そんなことをしたら、ますます周囲の注目を集める。自分との関係を疑われ騒がれるのにと、花蓮は目を見開いた。

「駄目です！　降ろしてください！」

「この方が早い」

花蓮は口では拒みながらも、貴臣の腕に何とも言えない心地好さを覚えていた。息が熱く洩れる。ヒートに煽られ暴れていた身体が、戻るべき場所に帰ってきたような安堵感だった。

「部下の人は？　どうしたんですか？」

花蓮のアパートを訪ねて来た時は、側近らしき男性の運転する車が近くで待機していた。

「仕事を放り出してきたんだ。連れてこられるわけがないだろう」

貴臣はチラリとバツが悪そうな表情を覗かせた。

「顔を見られたくないなら、首に腕を回していろ」

花蓮は素直に両腕を回すと、彼のスーツの胸に頭を伏せた。

「俺は誰に見られてもかまわないがな」

（貴臣様……）

花蓮は熱くなった目頭を、そっと彼に押しつけた。

仕事を放り出してきたという貴臣の台詞のひとつひとつが、花蓮の胸を甘く締めつける。どうして彼のもとから逃げ出したのか、理由を忘れてしまいそうだ。

（……？）

そこで花蓮は初めて、貴臣がヒートの影響を受けていないことに気がついた。薬を飲んでいるのだろうか？

（でも、私のフェロモンには効かなかったはずなのに？）

貴臣が自分の匂いに反応していないことに、花蓮は動揺していた。

「さすがにこれは効いたな」

貴臣は薬を飲んでいた。ただし、フェロモンへの反応を抑える薬ではなかった。性衝動そのものが起こらないよう、一時的に作用する薬だった。処方するにあたっては厳しい条件がつけられるそれを、彼はルールを破ってまで服用していた。

おそらくフェロモンを知るための実験の一環なのだろう。結果は成功で、今の貴臣は花蓮のフェロモンから完全に解放されている。

「効いてよかったです」

胸の奥が重たく疼いた。貴臣はヒートに対抗する手段を手に入れたのだ。二人が狂おしいように求め合うひと時は、もう二度とやってこない。そう思うと、また花蓮の胸に鈍い痛みが走った。

「助けてくださって、ありがとうございました。もう……、大丈夫です」

貴臣に連れられ入ったホテルの部屋で、花蓮は彼に背を向けていた。今すぐベッドにもぐって隠れてしまいたい。これ以上、発情している自分を見られたくなかった。彼が素面《しらふ》なら尚更だった。

「どこが大丈夫なんだ。俺しか力になれないと教えただろう」

花蓮は身を硬くし、頑なに貴臣に背を向けていた。

「触らない……で……」

肩に触れようとした手から、とっさに逃げた。

「あなたは反応していないのだから……、無理して触らなくてもいいんです。放っておいてください。一人でなんとかします……」

(触れられたら、私は駄目になる)

口には出せない、そんな追いつめられた花蓮の思いも知らずに、貴臣は後ろから抱きしめてきた。

(ずるいよ)

いつもそうだ。貴臣はずるい。どこへでも強引に自分を引っ張っていくくせに、抱きしめてくる手は泣きたくなるぐらい優しくて……。長い時間、花蓮の心に積もり続けてきた思いが、滲む涙と一緒に溢れてきた。

「どうして私がオメガなんだろうって……、ずっと悲しくて恨めしかった。セックスするしか能がないって言われたこともあるし、ヒートしてる時は動物みたいだって……自分でも思うから……」

ぽたぽたと落ちた滴が、自分を抱きしめるスーツの腕の袖口を濡らす。

「だけど、好きでオメガになったわけじゃないんです。誰にも私を馬鹿にしたり嘲笑ったりする権利はないはずです。なのに汚れたものみたいに扱われたら、怒りでいっぱいになって……。すごく悲しくなります」

貴臣の抱きしめる腕は緩まない。

「あなたにも、蔑まれながら触れられるのは……嫌」

それはヒートの衝動を超えて、懸命に言葉を繋がずにはいられない花蓮の思いだった。

(ほかの誰でもない。あなたにだけは蔑まれながら抱かれたくない)

口にできない心の声は、自分自身への告白でもあった。

「俺は蔑んでる相手をこんなふうにはしない」

再び抱き上げられたと思った時には、花蓮はベッドの上だった。今度はしっかりと胸のなかに引き寄せられた。

「お前を馬鹿にしてないし、嘲笑ってもいない」

たった今、触れてほしくないと言った自分の声が遠くなり、花蓮はいつの間にかうっとりと、彼に熱い身体を預けている。

「ヒートするのもフェロモンに反応するのも、生理現象みたいなものだろう。本人が卑下することでも、周囲が卑しむことでもない。だが、俺には問題だった」

前髪の上から額にキスされ、花蓮は夢見るように瞼を閉じている。

「俺は年相応に女性を知っているが、オメガの女は――花蓮、お前が初めてなんだ。俺はお前を抱くまで気がつかなかった。アルファにとってオメガがどういう存在か、自分はわかったつもりで何もわかっていないことに」

生まれた時から徹底してオメガを排した環境で育ってきた貴臣は、フェロモンをストレートに体感した経験がないという。言ってみれば、オメガの定義について解説された説明書を読むだけで納得していた。すべてを理解したつもりになっていたのだ。

「花蓮に出会ったパーティーの夜、お前に触れている間、俺は自分の知ってる俺ではなくなっていた。獣のようだと感じたよ。お前が、じゃない。俺自身がだ。いつもの余裕がどこかへ消し飛んでしまった」

ため息と一緒に瞼や頬にも唇を押し当てられると、花蓮の身体の芯にはもう、うずうずとした甘い疼きが芽生えた。

どんな時、どんな場面でも余裕を持てるのが、アルファの特性のひとつだと貴臣は言った。常に理性的であることがアルファのプライドにも繫がっている。だからこそ貴臣の自尊心は、獣になった自分を生理現象の一言では片づけられなかった。

「生まれて初めて自己嫌悪に苛まれた」

花蓮は全身で貴臣のキスを追いかけている。神経の一本一本で彼を感じている。

「お前を初めて抱いて、どんな薬も効かないと悟った時、フェロモンがおそろしく厄介なものに変わった。禁じ手だろうと何だろうと、手段を講じなければ安心できなくなった」

「ん……」

花蓮の唇をかすめたキスは、顎のラインをなぞって喉へと滑り落ちた。

(じゃあ……、私が家を出た夜、彼が西條さんに嘆いていたのは、自分自身に対してだったんだ?)

もうすぐ貴臣のこと以外、何も考えられなくなりそうな頭で花蓮は思った。

(彼もフェロモンを恐れている？　オメガの私と同じように、支配されたくないと足掻いている？)

「花蓮。俺は……」

貴臣は花蓮のワンピースの胸の膨らみにキスをした。

「お前が何者か知りたいと言いながら、何者でもない証拠、お前が特別でもなんでもない証拠を見つけだそうと焦っていた。それが間違っていたことを、お前の消えた三日間で思い知った」

花蓮は館を出た。フェロモンの危機は去った。薬で性衝動も消滅した。それなのに、

「身体のなかでは花蓮に触れたい欲望が暴れていた。仕事が手につかなくなった。三日間ずっとそうで、今もそ

うだ」

今や貴臣のどんな一言も、彼のつくため息ひとつでさえも、花蓮には恋人が語る愛の言葉のように甘く響いた。

彼は身体を起こすと裸になった。花蓮の服もあっという間に奪ってしまう。

花蓮がされるがままだったのは、自分も同じだったからだ。貴臣に触れたい欲求で、身も心もいっぱいになっていたから。

早く抱きしめてほしい。

もっと強く抱きしめてほしい。

「ああ……」

望みが叶えられたとたん、花蓮の唇を割って細く声が上がった。繰り返しのキスで膨らみきった快感が、一瞬で弾けた。シーツの上の、突っ張った両の爪先まで震えが走った。彼の素肌にくるまれた心地好さに昇りつめてしまったのだ。

「恥ずかし……」

思わず腕を重ねて顔を隠した花蓮に、

「何度求めてもいいんだ」

熱のこもった囁きが返ってくる。

「俺もお前も、ヒートの時は恥ずかしいぐらい欲しがってもいいんだ」

貴臣がキスの続きをはじめる。鎖骨のあたりを彷徨《さまよ》っていた唇は、やがて胸の谷間へと滑り落ちた。

「……んっ」

キスは左右の乳房をわがままに行き来する。次はどこへ落ちるかわからない唇に翻弄され、花蓮は喘ぎが止まらなくなった。前に抱かれた時、そこへの愛撫がどれほど気持ちよかったか。記憶が蘇った分だけ、快感はさらに大きくなった。

「あ……駄目……っ」

「どうして？　もっとねだれよ」

「そんなこと……」

貴臣は花蓮の戸惑いも躊躇《ためら》いもまるで無視して追いつめる。唇が右の乳首だけを何度もかすめて、焦らされ切ったところを舌先でつつかれた。

「あ……んっ」

甘ったれた声が溢れた。そのまま柔らかく転がされると、身体の芯がきゅっと締めつけられた。

「……駄目……い……や」

拒む言葉を口にすればするほど、本心からではないことを知っている彼に苛《いじ》められる。薬で性欲を殺した彼の前で、自分一人が乱されていくのだ。花蓮は膨らみ続ける羞恥から、どうしても逃げられない。

「こっちも欲しい？」

それまで放っておかれたもう一方の乳房を下から上へ、ツツと撫でられる。二本の指が天辺の実に辿り着いたかと思うと、いきなり摘《つま》まれた。

「……っ」

強い快感が身体を貫き、花蓮の視界が一瞬ぐにゃりと歪んだ。片方は唇に、片方は指になぶられ、花蓮は溶けてしまいそうだ。ズキズキと熱く疼き続けている秘花から、潤む蜜と一緒に蕩けてしまう。

「……また……っ」

花蓮が気づいた時には、二度目の頂がすぐそこまで迫っていた。切なげに腰を捩り、花蓮はまた昇りつめていた。

「まだだ」

それでも貴臣は、花蓮を放そうとはしなかった。

「……待って……待って」

花蓮は手を伸ばし、貴臣の髪を引っ張った。キスの続きをはじめた彼を止めようとした。名残惜しげに乳房を離れた唇が次にどこへ向かうのか、わかったからだ。

花蓮は固く瞼を閉じた。

(どうしよう)

本当は、彼を突き放すより引き寄せたい自分がいた。その証拠にこうやって足を広げられても、抗おうとするそばから力が抜けていく。

「花蓮……」

優しく名前を呼ばれ、秘花に唇を押し当てられた瞬間、花蓮は思わず声を上げてしまった。嫌がっていない、愛撫を待ちかねた声だ。彼のキスの動きひとつに腰がうねる。腿がみっともなく震える。

「やぁ……」

舌が滲む蜜をすくいあげては、秘花の割れ目を開くように行き来している。

「……駄目……ぇ」

羞恥が一気に燃え上がる。恥ずかしかった。本当に動物のようだと思った。忙《せわ》しない喘ぎは、追いつめられた獣の吐く息にそっくりだ。彼が見ている。花蓮は逃げられない。獣みたいに淫らに欲しがる自分を、どこにも隠せない。

「こんなに可愛いのに」

花蓮の心を知ってか知らずか、貴臣は何度も可愛いと囁いた。薄っぺらな芝居の台詞だと馬鹿にしていたといううその言葉を、ためらうことなく口にした。

「可愛くて、もっとしてやりたくなる」

花蓮もいつの間にか、貴臣の名前を縋るように呼んでいた。

(あなたが私を変えていく)

辛く苦しく、恥ずかしいだけだったヒート。オメガが一生背負っていく重荷としか思えなかったフェロモンを、今の花蓮は素直に受け入れていた。フェロモンの与えてくれる快楽に身を委ねていた。こうしていると、心のなかまで甘く幸せな気分に染められていくようだ。

やがて彼は、花蓮の花に埋もれた若芽を探し出した。尖らせた舌先にくすぐられる。

「あ……っ、や……」

何かとんでもないことを口走ってしまいそうな衝動が突き上げてきた。

もう許してほしい。

もっとしてほしい。

終わりが見えないままに、花蓮のなかでふたつの気持ちが激しく鬩《せめ》ぎ合っている。

「何度達《イ》ってもいいって、教えただろう」

貴臣が優しい声音で誘った。彼の息がかかるだけで疼く花芽に、そっと唇が寄せられる気配がした。軽く挟まれたかと思うと、柔らかく吸われた。幾度も同じ愛撫を受けているうち、

「……もう……」

三度目の波がじわじわとやってきた。花蓮は焦れったいように緩やかな坂を、物欲しげに半身をくねらせながら昇っていった。

「気持ちだけでもこれだけ昂るのに。俺はつくづく後悔している。薬なんか飲むんじゃなかった。次は絶対に飲まない」

花蓮はぼやけていく意識の向こうで、彼が苦しげに吐き出す声を聞いていた。

「俺は現実を受け入れた。これからは花蓮が特別である理由を探して確かめようと思っている」

どこか楽しげに話す貴臣の声が、花蓮の額をくすぐる。まるで恋人同士のピロートークだ。自分たちはそうで

はないことを思うと、花蓮の胸に悲しいものが広がった。この前のヒートでは、行為の後に背を向けてしまった彼が、今日はまだ花蓮を抱きしめてくれている。

「お前もそうだったんじゃないのか？　俺と契約をする気になったのは」

（最初はそうでした）

花蓮は心のなかで答える。

（だけど、私はあなたみたいにいつも冷静に考えて行動しているわけじゃないんです。今ならわかります。出会った時から私には、あなたに惹かれる気持ちがあったんです）

アルファだからとかオメガだからとかバース性に関係なく、そばにいたいと思った。けれどそれは口には出せない。

「やはりお前は運命の相手なのかもしれないな。番になるべく生まれてきた」

（私もです。いつの頃からか、そうかもしれないと思う気持ちが芽生えていました）

だが、貴臣が同じことを考えているとわかっても、花蓮は喜べない。胸が苦しくなるばかりだ。

「オメガを知ったつもりで無知だった俺は、たぶん番についても本質的なことを理解していない。花蓮なら答えを教えてくれる気がする」

優秀な頭脳を誇るアルファは、思考することに人一倍喜びを感じると言われている。ひとつの事柄に対して理論的に、かつ哲学的にも深く理解しようとする。

生まれて初めての自己嫌悪を乗り越えた貴臣は、代わりに手に入れた純粋な好奇心に胸を弾ませているように見えた。

貴臣は二人が『運命の番』である確かな証を見つけたがっている。特定の相手にのみ強烈に作用するフェロモンの存在だけでは、納得できないのだろう。自分のことだけに、そうあっさりとは受け入れることができないのだ。

花蓮は熱い瞼を静かに伏せた。

(私、思い出したんです。初めてあなたの目を真っ直ぐに見た時のことを)

貴臣が愛人契約をしに、アパートを訪ねて来た時だ。この人は、愛人に望んでいるからといって、私を金で売り買いできるゴミと蔑んではいない。オメガの私をちゃんと一人の人間として尊重してくれている。そう直感したからこそ契約する決心をした。それなのに。

(あなたを信じようと決めた気持ちも忘れて悩んだり苦しんだりするほど、あなたに振り回されていた)

いったい、いつからだろう？　この瞳《め》に映る貴臣が、単なる契約相手でなくなったのは？　もう、お世話するだけのご主人様ではなかった。

(私はあなたが好きです)

フェロモンも運命の相手も大切ではなかった。花蓮はただ、貴臣を好きになった。

貴臣は活《い》き活《い》きと考察を続けている。

「花蓮がヒートしていなくても、一緒にいると急に抱きしめたくなる、キスしたくなる。あの衝動も『運命の番』と関係あるのか。お前からフェロモンに似た何かが出ているんじゃないかと考えていたが、その答えのヒントも見つかるかもしれない」

楽しそうな貴臣の声を耳にするたび、花蓮の胸の疼きは強くなる。

(もし本当に、私が運命の相手と証明された時は、貴臣様はどうしますか?)

大抵のアルファやオメガは、ほかに恋人や配偶者がいても別れて番相手を選ぶという。

だが貴臣は、結婚はアルファとすると昔から公言している。オメガを下に見ているからではない。アルファ同士の方が、アルファ性の能力を生かしたより高度な社会貢献ができると考えているからだ。実際、彼には西條美紀という彼にふさわしいアルファもいる。

(私は、あなたはあなたの考えを最後まで貫く気がします)

もしもそうなったら、自分はどうなるのだろう? 番になっても愛人のままだろうか?

花蓮は貴臣の胸で小さく首を振った。

貴臣は自分を実験のためのモルモットとも、セックスするしか能のないオメガとも思っていない。最初から早瀬花蓮として見てくれている。だが、愛されているわけじゃない。

(私は嫌です。愛されてもいないのに、番になるのは嫌。苦しくて悲しいだけ)

「花蓮? どうした? 静かだな。疲れたのか?」

また前髪を彼の声がくすぐる。額にキスをする、そのさり気ない動作も本物の恋人同士のようで、花蓮は胸がつまった。

「眠るならその前に返事を聞きたい」

貴臣は「帰ってきてくれるな?」と、また額に口づけた。

（私は……?　私はどうしたいの?）

「珈琲ゼリーもまだこっそり食べに行ってないしな」

いたずらっ子のような彼の声音に、胸の奥が締めつけられる。そう、自分は彼のこんな一面ももう知ってしまっているのだ。

（あなたといるのは、苦しい。でも、苦しいけれど嬉しい。今はこの幸せを手放す決心がつかない）

もう認めるしかなかった。恋人のように扱われ息がつまるほど苦しいのに、その心の半分で甘く幸せな気分に浸っている自分を。

「……お館に、帰ります」

許されるなら、もう少しだけそばにいたい。彼が番についての考察を終えるまでは。

どうかその時がきたら、自分から別れを切り出す勇気を持てますように。

「花蓮……」

恋人を愛《いと》おしむように名前を呼ばれ、花蓮は嬉しかった。これが束の間の幸せとわかっていても。

「私……、帰りたいんです」

花蓮は貴臣の頭を抱くようにして、自ら唇を重ねていた。

第五章　あなただけ、欲しい

いつだったか、花蓮は貴臣にはオフの表情がありそうだと思ったことがあった。ここ、愛人の待つ庭園の別宅にて、テーブルを挟んで向き合い、二個目の珈琲ゼリーを食べる貴臣がまさしくそうかもしれない。

「何なんだろうな、この美味しさは。以前レシピを見せてもらったんだが、材料も手順も一般的で特別な点は見つからなかった。不思議だ」

毎朝一個と決めたルールを初めて破って食べる、禁断のゼリーだ。目尻は少しだけ下がり、反対に口角は少しだけ上がって、彼の表情を今までになく緩ませている。毎晩二人で過ごしたシアタールームでも見せなかった、力の抜け具合だった。

普段は平日以外も仕事がらみで外に出ていることの多い貴臣が、今日の日曜日は昼間から時間を作って花蓮の新居を訪れていた。

「食べたら次の悪いことをする」

「やりたいこと、次もあるんですね。別宅を作ってよかったです」

愛人宅とはこっそり悪いことをしに通う場所だと主張した花蓮に、どうやら貴臣も賛同してくれたようだった。

「何も準備はいらないんですか？　リクエストもらってませんよね？」

「そこの窓のそばまで椅子を引いていくだろう」

花蓮は彼につられて窓の外を見た。花蓮が貴臣のもとに戻って十日あまりが過ぎようとしているが、この二、三日、ずっと曇り空が続いている。厚い雲越しにしか陽差しの感じられない暗い空気が、かえって連なる木々の新緑を艶やかに見せている。赤やピンクのミニ薔薇の咲き乱れた庭は、窓枠を額縁に一枚の絵のような美しさだった。

「そのまま何もせずにぼーっと外を見る」

「ええ?」

花蓮はポカンとした。

「なんでそれが悪いことなんですか?」

「やるべきことを片づけるのに、一日二十四時間でも足りないぐらいなんだ。目的のないフリーな時間を取る暇はない」

「ないんですか?　全然?」

頷く貴臣にためらいはなかった。花蓮は、彼が欲望は敵だと言っていたのを思い出した。

(ぼーっとしたい気持ちも、欲望なのかな?　休みたい自分も敵だと思ってるのかも)

やるべき仕事がたくさんあるのは、貴臣の会社でのポジションを考えれば納得できる。加えて、アルファであることも大事小事を呼び寄せる原因なのだろう。

かつて花蓮が見かけたアルファたちは、優秀さゆえにいつも周囲に頼られていた。今思えば、面倒なことをなんでも押しつけられていた。それでも彼らは、当然のように片っ端からすべてを完璧に片づけていた。そうすることがアルファに課せられた使命だと、DNAにプログラミングでもされてるみたいに。まるでサイボーグだ。

（貴臣様の周りはアルファしかいないって言ってたよね。オフィスって、どんな感じなんだろ？）

ＳＦ映画に出てきそうな、近未来人の行き来する無機質なフロアの光景が、一瞬浮かんで消えた。

「あの……、貴臣様」

貴臣が『ぼーっとタイム』に入る前に、花蓮には言わなければならないことがあった。

「その呼び方はナシだ」

「え？」

「様はいらない」

「でも……」

貴臣は一瞬黙り込み、「お前との間でその呼び方はしっくりこなくなった」と言った。

「……貴臣さん」

呼び方ひとつ変わっただけで走り出す鼓動を、花蓮はそっと胸の上から押さえる。顔が赤くなっていませんようにと祈りながら、花蓮は頭を下げた。

「改めて、申し訳ありませんでした。私のせいでいろいろお騒がせしてしまって」

帝国のプリンス泉貴臣様がオメガらしき女性をお姫様抱っこし、真昼の街中を歩く姿は、大勢の目撃証言＆証拠写真によって、今や全国に知れ渡っていた。

《プリンス様にオメガの愛人発覚！》

翌日のスポーツ紙でもそう大々的に報じられ、花蓮もしょっちゅう覗いていた貴臣のファンサント［プリンス様のお茶会］も、いろいろな意味で大炎上した。

「気にするな。もうしばらくすれば、世間も飽きる。お前の方も、そろそろ外出できるんじゃないか。もし必要ならガードをつけるから、遠慮なく言ってくれ。不愉快なマスコミ連中は、彼らが追い払ってくれる」

テレビやネットをにぎわせているとはいえ、少しずつ下火になっているのは、彼が騒動の翌日にとった行動の影響が大きい。

「もうお前のことは隠さないと決めたんだ」

そう言って、貴臣は自ら花蓮の名前を公表したのだ。なんと泉グループのサイトで、最新情報の一件として淡々と報じられた。おかげで愛人が誰かを特定する野次馬祭が開催されず、騒ぎにブーストがかからなかった。

『オメガはしょせんは愛人止まりでしょ。プリンスは結婚相手はアルファ限定って宣言してるんだもん。彼女が花嫁に出世する未来はない』

最初の頃の驚きが薄れるにつれ、そうした冷静な囁きが交わされるようになったのも、事態が収束に向かっている理由のひとつだった。

（その通りですよ）

うっかり零れそうになったため息を呑み込むと、胸の奥がズキンと疼いた。

（……貴臣さん）

限られた人間にしか許していない呼び方で呼んでほしいと言った、貴臣。

貴臣との距離が近くなった、花蓮にとっては嬉しい変化だった。

(だけど、いくら二人の関係が変わっても、ハッピーエンドはないんだ)

花蓮の恋は結末の決まった恋だった。

貴臣といると、今日のように嬉しくなったり切なくなったり、時には悲しくなったり……。忙しく浮き沈みする心を抱えて、花蓮には眠れない日が続いている。

ベッドの上で悶々《もんもん》と寝返りを打つ夜には、西條美紀の名が重くのしかかってくる。貴臣と彼女が普段どんなつき合いをしているのか、花蓮は知らない。二人の間で彼女の話題が出たこともなかった。

「花蓮？　聞いているか？」

花蓮は我に返って、目を上げた。

「薬の話だ」

「あ、はい。ごめんなさい。聞いています」

貴臣がはじめた抗フェロモン剤の話に耳を傾けていたつもりが、半分上の空になっていた。

「俺が薬を常用している理由は、わかるよな」

「ええ……。たぶん、出会い頭の事故に備えてですよね」

「上手い言い方だな」

貴臣が周囲にオメガを置かないようにしているのは、フェロモンによるトラブルを防ぐためだ。

しかし、日常生活のどこにオメガがいるのか、百パーセント知ることはできない。花蓮もそうだったように性を偽っている者も多いし、たとえば道を歩いていて知らずに遭遇する危険もある。いつどこでヒート期のオメガに出会うか、可能性をゼロにはできないのだ。

「俺の場合、突然仕事に支障が出るのは大問題だ。俺一人がどうのというレベルの話では済まないからな」

「わかります」

「ただ、俺は今、薬を飲みたくない」

花蓮の鼓動が鳴った。貴臣がテーブルに戻したふたつ目のゼリーの器は、綺麗にたいらげられていた。

「ここに来てのお前のヒートの不順ぶりを見ていると、どうするか迷う」

かつてのように順調なら、予想される時期だけ薬を飲むのを控えられるのだが、それができない。しかし、口では迷うと言いながら、彼はそんなそぶりほとんど見せずに言った。「こうなったら開き直って飲まない」と。

「そんな……。大丈夫なんですか？」

花蓮の方がうろたえた。

「でも、貴臣さんが仕事に行っている間にヒートがきたらどうすれば……？」

「決めたぞ」

今度も貴臣に躊躇はなかった。即座に花蓮が考えもしなかった答えが返ってきた。

「明日からお前をオフィスに連れて行く」

翌日の月曜日。連れて行かれた貴臣の職場には、花蓮のイメージした通りの光景が広がっていた。

人も物も余計なものは何ひとつ置かれていない、壁も床もピカピカに磨き込まれた無機質で息苦しい空間。

父親の片腕としてグループを統括する副社長のデスクがあるのは、セントラルオフィスと呼ばれるビルだった。

建物は東京郊外にあって意外とこぢんまりしているが、働くスタッフは、優秀なアルファのなかから選りすぐった者ばかりだ。いわば少数精鋭部隊。めったに表情も動かさず無駄口も叩かず各々の仕事に没頭する姿は、

(ほんと、みんなサイボーグみたい)

へアスタイルや着ている服、性別が違っても、花蓮の目には量産タイプのヒューマノイドに映った。

「私にできることがあるんでしょうか?」

花蓮がつい念押しするように聞いてしまったのは、心配になったからだ。もしフロアの置物と化すしかないなら、彼らにとって花蓮は邪魔な存在でしかない。一歩間違えれば、上司である貴臣の評価を下げかねない。

(彼のことだから、何の考えもなしにってことはないと思うけど)

ところが、貴臣の執務室で花蓮がその質問をした時、彼は黙り込んでしまった。

「そうだな。お前の時間を無駄にさせるわけにもいかないな」

驚いたことに、何も考えていなかったらしい。

貴臣は花蓮以上に戸惑っていた。花蓮が見る限り仕事イコールほぼ人生の貴臣にとって、職場はある意味、聖域だ。そんな場所に具体的な指示も出せない人間を連れてきたことに、彼自身が一番驚いている様子だった。

「ご、ごめんなさい」

思わず謝った花蓮に、貴臣は小さく首を横に振った。

「いや、俺がどうしてもお前をそばに置きたかったんだ」

まるで恋人にかける言葉を贈られたようで、花蓮の耳やうなじにぽっと熱いものが灯った。

「公私をわけるべきなのはわかってるんだが。どうもお前のこととなると調子が狂うらしい」

視線を逸らした彼の横顔も微かに赤らんで見えたのは、たぶん花蓮の思い過ごしだ。

「あの……、じゃあ、本業のお仕事の手伝いはできませんから、それ以外に何かありませんか？」

照れ臭さに身動きがとれなくなる前に、花蓮の方から話を進めた。

「それ以外か……。食堂は業者が入っているからな。ああ――社員専用のカフェはどうだ？　あそこなら人事は俺の裁量の内だ」

「カフェがいいです。カフェでお願いします」

自分にもできることが見つかってほっとした花蓮に、貴臣が「いいのか？」と聞いた。

「はい、大丈夫です。飲食関係は経験があるので、そこそこ使えると思います。お館での仕事もそうですが、私、一日中パソコンの前に座っているより動き回っている方が性に合ってるみたいなんです」

「本当にいいのか？」

なぜか貴臣はもう一度念を押した後、許してくれた。

「ただし、俺が移動する時はどこへでも連れて行くからな。秘書のような顔をしていればいい」

こうして、その日の午後から貴臣がオフィスにいる間は、社内のカフェテリアで新米スタッフとして働く日々がはじまった。

Xデーがやってきたらすぐに連絡できるよう、花蓮は貴臣のスマホの電話番号とメールアドレスを教えてもらった。彼が限られた相手以外には秘密にしている、プライベートなものだ。

六月も終わりに差しかかっていた。前回のヒートから一カ月は経っていないが、油断はできない。とはいえあれから花蓮の日常は、それなりに穏やかに過ぎていた。

ただし、心のなかは別だった。片想いしている相手のそばにいて、ときめかないはずがなかった。

全力で仕事に打ち込む男はカッコいい。貴臣の精力的な働きぶりを目の当たりにするにつけ、花蓮の恋心は募っていった。

「珈琲を部屋まで運んでくれ。お前がいつも別宅で淹《い》れてくれる一杯が飲みたい」

一度、終業時間間際に執務室までデリバリーして以来、たびたび彼から花蓮に名指しで注文が入るようになった。今日も社内での長い会議が終わったばかりだという貴臣が、直接電話をしてきた。

花蓮がトレイを手に部屋に入ると、

「待ってた」

デスクの貴臣はすぐに仕事の手を止めた。

「どうぞ。貴臣さんのリクエスト通り、今日は少し濃いめに淹れてきました」

貴臣専用のカップは、花蓮が新しく用意したものだ。気分が明るくなるようにカラフルなストライプ柄を選んだのだが、気に入ってもらえたようで嬉しかった。

「最近はこれを飲まないと、どうもひと息ついた気分になれない」

自分が心をこめて淹れた一杯で彼が寛ぐひと時は、花蓮にとっても心弾む貴重な時間だった。ここ最近、いつにもまして多忙を極める貴臣と二人きりになれる機会は、極端に減っているからだ。

「花蓮。困っていることはないか？」

カップを傾ける貴臣に尋ねられた。

「ありがとうございます。私は大丈夫です」

カフェテリアで仕事をしたいと頼んだ時、なぜ彼が何度も花蓮の意思を確かめたのか。花蓮は働きはじめてすぐ彼の心遣いに気がついた。あれだけ派手に報道されたのだから当たり前かもしれないが、店で働くスタッフたちも利用する社員たちも、皆、花蓮が何者かを知っていた。

もちろん、表立って花蓮を傷つけ追いつめるような馬鹿げた言動を取る者は、一人もいなかった。さすがグループの中枢《ちゅうすう》を担《にな》う、選りすぐりの優秀なアルファの集団だった。ただ、視線だけはどうにも隠しようがなかった。

興味。好奇心。羨望。嫉妬。嘲笑。敵意。

ありとあらゆる感情が無言の矢となり、花蓮に向かって飛んできた。

「お前の幼馴染みの彼も言ってたよな。花蓮は意地っ張りだと。めったに弱音を吐かないお前だからこそ、苦労の多かっただろう借金生活も頑張れたんだと思う。でも、辛い時には溜め込まず、愚痴を零すぐらいが健康的だ」

「心配してくださってありがとうございます。本当に大丈夫です」

（貴臣さんのおかげです）

花蓮は心のなかでそう続けると、小さく頭を下げた。

花蓮は何年もの間、オメガであることを隠してきた。それほどまでに周囲の反応に敏感だったのに、どんな視線も跳ね返せる自分になれたのは、貴臣のおかげなのだ。

彼が花蓮の存在を誰に知られてもいいと言い切ってくれた、そして実際、公にしてくれたから。

（また、あなたを好きになりました）

花蓮はこの頃、貴臣のいいところばかり目につくようになっていた。

「ああ――今日は隣も残業なんだ。後で一杯差し入れておいてくれ」

「三人分ですか？」

「いや、石川《いしかわ》一人だ。ほかは出先から直帰のはずだ」

貴臣には秘書が三人いた。それぞれ担当する仕事が違うらしいが、花蓮に詳しいことはわからない。

そのなかでも石川は、三人をまとめるチーフ職にある男性だった。普段は、貴臣の部屋とは内部の扉で行き来できる隣室に詰めている。貴臣はこうして時々彼らを含めたスタッフたちにドリンクを差し入れたり、自腹で慰労の食事会や飲み会を開いたりしていた。

仕事には厳しいが、それだけではない。部下を気遣う気持ちが人一倍あるのも、花蓮が発見した貴臣の魅力のひとつだった。

家でもオフィスでも、意識して探しているわけでもないのに彼のいいところを見つけては、そのたびに好きな気持ちがまたひと回り大きくなる。

「石川さんの珈琲、さっそく淹れてきます」

「あ、花蓮」

部屋を出て行こうとした花蓮は、呼び止められた。貴臣にしては珍しくためらいの感じられる声だ。

「はい？　何か？」

「いや……」

めったに迷う表情を覗かせることのない貴臣が、やはり言葉を選んでいる。

「……珈琲の淹れ方は、彼に習ったと言ってたな」

「ええ、お兄……優一さんに。彼自身カフェの仕事が好きで、いろいろ専門的な勉強もしているので」

以前、貴臣に珈琲の味を褒められた時、優一に技を伝授してもらったおかげと答えたのだ。

「彼とはずいぶん親しくしているんだよな」

「はい。貴臣さんも調査してご存知のように、子供の頃から家族ぐるみのおつき合いをしてきました」

「お前が俺のところから逃げ出した三日間、ずっと彼のマンションにいたんだろう？」

「ほかに頼る人がいなかったので、押しかけてしまいました」

まるで面接のように重ねられる質問に、花蓮は心のなかで首を傾げていた。

「いつも連絡を取ってるのか？」

なぜ、そんなことを聞くのだろう？

「たまに電話やメールはしてますが……」

なんのための質問だろう？

「彼はベータだったな」

「そうです」

「オメガのなかにはベータをパートナーに選ぶ者も多い」

「……はい？」

思わず聞き返してしまった花蓮から、貴臣はばつが悪そうに少し視線を逸らした。

「フェロモンに振り回されない穏やかな関係に憧れると聞いた」

花蓮はなんと返事をすればいいのかわからなくなった。

（なんなの？）

頬が熱くなる。ただでさえ貴臣といると高鳴る鼓動が、突然勢いづいて走り出すのを感じていた。

（まるで貴臣さんが、私とお兄ちゃんの仲を気にかけてるみたいに聞こえるんですけど？）

心のなかの花蓮が苦笑する。

（あるわけないじゃない）

このところずっと貴臣の優しさに包まれ、幸せな気分に浸っているせいか、つい夢を見てしまう。

（あ、そうか。契約違反ってことかな）

貴臣と愛人契約をしている間は、ほかの男性とのつき合いには注意しろと言いたいに違いない。そう考えた花蓮は、慌てて説明する。

「確かに優一さんは私にとって大切な人ですが、でも、特別どうってわけじゃなくて……」

「大切な人……」

なんと話そうか、ためらいながらも言葉を続けようとした花蓮を、貴臣が手振りで止めた。

「わかった」

わかったと言いつつ、貴臣はまだ何か聞きたげだ。だが、話はそこで終わりだった。

「足を止めさせて悪かったな。行ってくれ」

「失礼いたします」

花蓮が扉の前で一礼をして顔を上げると、以前、彼が一度だけ見せた横顔があった。

「やはり調子が狂うな」

視線が答えを探すように宙を彷徨っている。耳朶が心なしか赤く見えた。


副社長秘書室のデスクはコの字型のひとつの島になっており、石川は入口を入って正面の席に座っていた。

花蓮が珈琲を置くと、いつものように礼儀正しく会釈をされる。彼の前には、広げたノートパソコンとスマホ。あとは書類が何種類かあるだけだ。いつ見ても眩しいぐらいに綺麗に片づいている。

石川が口元を押さえて短く咳《せ》き込んだ。

「すみません。実は昨夜から風邪気味でして。解熱剤は飲んできたんですが……」

「それはお大事に。私に何かお役に立てることがあれば言ってください」

「ありがとう」

「今日はなるべく早くお帰りになってくださいね」

「そうします」

明らかに熱のある顔つきをした石川は、注意力が散漫になっているのだろう。傍らに立った花蓮が、その書類を思わず手に取ったのを見ても、奪い返しもしなければ止めもしなかった。

「貴臣さんのデートの管理も、石川さんがなさってるんですか？」

書類は今週の貴臣のスケジュール表だった。分刻みのタイムテーブルのなかに書き込まれた『西條美紀様』の文字を、花蓮は見つけてしまった。

貴臣が美紀に会うのは、三日後の午後七時。レストランの場所や連絡先と合わせ、メニューの詳細などのメモ書きが添えてあった。その下の一覧表は、おそらく食事の後にお酒を楽しむ店の候補だろう。

（二人がデートする仲なのはわかってたけど……、こんなの見ちゃうとやっぱりショックだな……）

重たいものでも呑み込んだように、鳩尾《みぞおち》のあたりが急に苦しくなった。心なしか、頭までくらくらしてきた。

「西條様もお忙しい方なので、私がお二人のご要望を伺い、店の予約や席のセッティングなどをさせていただいております。ほぼ週に一度のペースでしょうか」

貴臣よりひと回り年上の、ツーブロックオールバックヘアのサイボーグは、口調はしっかりしているものの、声はかすれていた。眼鏡の奥の目も酷《ひど》く充血している。珈琲もひと口啜《すす》っただけで、カップをソーサーに戻してしまった。

（デートって、どこに行こうか何をしようか、二人で計画するところからもう楽しいのになあ。やっぱり天上国の人たちは違うな）

やるべき仕事がたくさんあって、計画に使う時間も惜しいから——。貴臣に聞けば真顔で答えそうだ。

きっと彼女もそうなのだろう。聡明《そうめい》さの際立つ美紀の美貌が浮かんだ。会ったこともない彼女が貴臣と似ていると感じるのは、二人が仕事に対して同じ姿勢を貫いているように思うからだ。アルファとしての生き方にしてもそうだ。だてに女版・泉貴臣と呼ばれていない。

（結婚相手には、同じ方を向いて一緒に歩いていける人が一番って言うよね）

水にさらした傷口のように、ショックがじわりと花蓮の胸に染みてくる。

「貴臣さん、あんなにお忙しいのに、デートの時間はちゃんと作ってるんですね」

（計画のための時間は惜しんでも、本番は違うもの。それだけ美紀さんに会いたいんだ）

そう思うとまた胸が苦しくなった。頭がくらくら熱くなってくる。

「貴臣様と西條様の場合、デートというより情報交換会とでも呼んだ方がふさわしいかと思いますが」

石川の熱に潤んだ目が花蓮を見上げた。

「嫉妬《ジェラシー》ですか？」

初めて彼が微笑った。

「嫉妬？　私が？」

花蓮は、とんでもありませんと手を振った。

「私、そんな立場にいませんから！」

何やら嬉しそうにも見える石川が、思い出したように話しはじめる。

「嫉妬と言えば、私たちアルファにはたとえば自己嫌悪や卑下といった感情を抱く機会はあまりないんです」

「貴臣さんもそんなことをおっしゃってました。でも、アルファ同士で能力を競い合うことはあるんですよね。ライバルを妬んだり憎んだりはしないんですか？」

「いいえ。嫉妬や憎悪は競争の邪魔にしかならないのを知っていますからね。無論、闘争心や勝利欲は掻き立てられますよ」

石川はそこで言葉を途切らせ、鬱陶しそうに熱い息を吐き出した。

「我々アルファは、たぶんほかの人たちとは順番が逆なんですよ」

「順番？」

花蓮のついた、ため息も熱かった。

「早瀬さんもそうでしょう？　感情に振り回される苦痛を知り、次にそれをどうコントロールするかを学ぶ。私たちは反対です。自分には上手く扱えない負の感情も人間には必要なんだ、人生を豊かにしてくれるんだってことを、後になって学習するんです」

石川はいよいよ瞳を潤ませ、顔を赤くしている。細身の身体が尚更頼りなく映った。再び手にしたカップが少

し傾いで、ほとんど減っていない中身が今にも零れそうだ。それでも、

「大抵の場合、本人の身近にそれを教えてくれる誰かが現れます」

花蓮を見つめて話を続ける石川の、初めての微笑みは消えなかった。

「貴臣様にとっての誰かは、あなたかもしれませんね」

「私？」

「だとしたら、ほかの人間には取って代われない大切な存在です」

花蓮はポカンと石川を見つめた。

「まさかです！」

花蓮はさっきよりも強く首を横に振っていた。突然、思いもかけないことを言われ、カーっと自分の頬に赤みがさすのがわかった。

「貴臣様があなたを手元に置く決心をした時からお二人を見てきた私の目には、そう映っていますよ。あの方自身も意識しはじめているのかもしれません」

「ないない、ないです！」

「私はあると思うけどなあ」

石川は相変わらず嬉しそうだ。スタッフ全員を同じに見せていたサイボーグの仮面が、いつの間にか外れていた。ボスを慕う部下の顔を覗かせた彼を見ていて、花蓮はようやく気がついた。石川は貴臣が愛人契約をしにアパートを訪ねて来た時、彼の連れてきた側近の一人だった。

（貴臣さんのとても信頼している人なんだ。長くあの人のそばにいて、ずっと見守ってきた人）

とんでもない勘違いにしろ、そんな人に認められるのはやはり嬉しい。

花蓮の頬はまた、熱くなった。いや――気がつけば身体中が燃えるように熱かった。

（……？　なんだかおかしい）

石川の風邪が伝染《うつ》るはずもないのに、悪寒めいた震えが背中を駆け抜けた。

花蓮の視界がゆらりと左右に揺れた。花蓮はとっさにデスクに手をつき、身体を支えていた。


ぞくぞくっ。


（え……？　まさか……ヒート？）

風邪などではなかった。いつもより緩やかにはじまったらしいヒートは、いきなり花蓮の鼓動をはね上げた。

次の瞬間、部屋中に響き渡る派手な音がした。石川の足元に割れたカップが転がっていた。飛び散った珈琲が、顔が映り込むほど完璧に磨き上げられた革靴を汚している。

「大丈夫ですか？」

とっさに聞いた花蓮を、

「駄目で……す！」

石川は大きく手で払った。椅子を引き、苦しそうに息を呑み込む。

「私……、今日は効き目の弱い……抗フェロモン剤しか飲んでないんです。風邪薬との飲み合わせが悪くて……」

（そうだった！）

花蓮はすっかり忘れていた。

（彼もアルファだった！）

弱い薬しか飲んでいないという石川は、花蓮のヒートに反応してしまっていた。風邪の症状に紛れて、彼も気づくのが遅れたに違いなかった。

「早瀬さん、は、やくっ――」

切羽詰まっているのがヒシヒシと伝わってくる。花蓮の息も、声が掠れるほどに乱れていた。

貴臣は隣の部屋にいる。早く彼のところに行かなければ！　花蓮が思うように動かない身体を引きずるようにして扉の方を向いた、その時だった。

「早瀬さん……！」

「!?」

花蓮は竦《すく》み上がった。石川にいきなり腕をつかまれたのだ。

「早く逃げて」

石川は言ってることとやっていることがまるで反対だった。もみ合う間もなく花蓮は抱きすくめられた。

「放してください！」

そのまま背中から壁に押しつけられる。

「この匂い……堪らない。ストレートに嗅いだのは、もう何年も前なんだ」

「やめて……！」

瘦せた身体のいったいどこにそんな力が隠れていたのか。花蓮を捕まえている腕の強さは、恐ろしいほどだった。到底突き放せそうにない。

花蓮を見る目も、さっきまでとはまるで違っていた。あんなに穏やかな笑みを浮かべていた人間と同じものとは思えないほど、異様な光でギラついていた。

（怖い）

石川は急激に変わりはじめていた。理性と知性のかたまりがスーツを着ている紳士なアルファから、オメガを欲しがる本能を剥き出しにしたアルファに。

（怖い！）

花蓮が恐いのは自分自身もだった。身体の奥でゆらりと、アルファを欲しがるオメガの衝動が立ち上がる気配がしたからだ。

「我慢できない……っ」

苦しげにそう言って唇を寄せてきた石川から、花蓮はかろうじて顔を背けた。

（嫌！）

喉が引き攣れ、悲鳴は塞《せ》き止められる。

嫌悪感が込み上げてくる。

違う！　この人じゃない！　と、花蓮の身体が叫んでいる。

（貴臣さん！）

花蓮の震える唇は、必死に貴臣を呼んでいた。

「花蓮！」

貴臣の声を聞いたとたん、萎えかけていた花蓮の手足に力が戻った。懸命に両手を石川の胸に突っ張り、身を捩った時だった。石川は貴臣に腕をつかまれ、花蓮から引き剥がされた。

驚いたことに、石川は引きさがらなかった。相手が誰なのかもまるで目に入っていない様子で、貴臣にぶつかっていく。つかみ合いになった二人は上になり下になり、床の上を転げ回った。見る間にあたりが激しい呼吸音でいっぱいになる。

まさに獣だった。一匹の雌を二匹の雄が奪い合っている。

「しっかりしろ！」

貴臣は石川の胸ぐらをつかんで引っ張りあげた。目を覚ませと言わんばかりに殴りつける。石川の身体は大きく左に傾いだかと思うと、そのまま倒れ込んだ。

「彼女は俺のものだ」

貴臣は花蓮の手を取り、見せつけるように強く抱き寄せた。殴られた頬を押さえ、我に返って瞬きしている石川を見下ろし、貴臣は言った。

「俺だけのオメガだ。二度と触るな」

花蓮を強い力で引いていく手が、すでにもう燃えるように熱かった。

「この前も思った。俺はお前の匂いだけはどこにいても、どんなに離れていようと、必ず感じ取れる。俺をいきなりここまで追いつめられるのは、お前のフェロモンだけだ」

「貴臣さん、どこへ？」

エレベーターホールからどんどん遠ざかっていく彼に、花蓮は不安になった。この廊下の先にはミーティングルームがあるだけだ。


早く、早く！　二人きりになりたい！


戸惑う気持ちを押し退け、身体が声を上げていた。花蓮を追い立てるその思いが、貴臣のなかにもあるのか。彼の足はすぐにでも駆け出しそうだった。

「これからは、何かあったらここに逃げ込め」

花蓮はふたつあるミーティングルームのうち、奥まった一室に引っ張り込まれた。奥に大きなベッドが見える。

「話してなかったな。今は俺専用の仮眠室だ」

ヒートがはじまってからホテルに移動するだけの余裕を持てるかどうか。自信のなかった貴臣は、思い切って先週リフォームしたという。

扉の閉まる音を聞いた時には、花蓮はもう貴臣の腕のなかだった。部屋の様子に気を取られる暇もなく、唇を奪われる。待ち焦がれた感触に、花蓮の頭はたちまち何も考えられないほど熱くなった。

もっと抱きしめたい。

もっとキスしたい。

互いの呼吸がひとつになるほど、唇は深く重なり合う。

「花蓮……」

花蓮は躊躇わなかった。彼の舌に誘われ、自らも舌を絡めた。彼の口のなかの柔らかさを思うさま味わう。

(——キス……甘い……)

いったいこの甘さはなんだろう？　まるで触れ合ったところから綿菓子がしゅわしゅわと溶けていくようだ。

そのうっとりと心が蕩けていく感覚が、花蓮はもっともっと欲しかった。唇が離れる一瞬の間も惜しくて、貴臣の顔を両手で包むと、キスを奪った。

「花蓮、キスだけで達けそうだ」

いつもなら恥ずかしくて俯いてしまう台詞さえもっと聞きたくて、花蓮は二度、三度と唇を重ねた。

「お前も同じだろう?」

追いつめられているという貴臣は、花蓮にその証を強く押しつけた。興奮しきった彼の分身が、花蓮の下腹を柔らかく押し上げている。

「花蓮……」

「……ん」

「お前はすごいな。いきなり天国に連れて行ってくれる」

猛った分身を擦りつけるように動かされると、待っていたようにショーツの奥が熱くなった。

「もう入れたい」

ストレートに求められ、花蓮は頷いていた。薬に邪魔されない初めてのヒートだった。

（あなたが欲しいの。欲しくて堪らない）

純粋なアルファとオメガになってのセックスが、狂おしいほどの思いを呼び覚ます。

ベッドまでのたった数歩の距離がもどかしかった。貴臣は花蓮をシーツの上にうつ伏せにすると、覆い被さってきた。速い呼吸がうなじにかかる。

「待てそうにない」

貴臣は花蓮のスーツのスカートをたくしあげ、ストッキングとショーツを乱暴に引き下げた。彼が焦れったそうにベルトを緩める気配がする。続いて聞こえてきたのは、

「くそ……、うまくいかない」

やはり焦れったそうな呟きだった。急ぐあまり避妊具をつけるのに手間取っている。

花蓮を愛撫する手が戻ってきた。

「優しくしたいのに、めちゃくちゃにしたくなるんだ」

腰を掲げるあられもない格好をさせられても、花蓮は逆らわなかった。花蓮もそうされたかったからだ。何をどうされても彼に求められたい気持ちを止められなかった。雄々しく猛ったものが花蓮の入口を探り当てたかと思うや貴臣は体重をかけ、一気に押し入ってきた。

「……っ」

花蓮は一瞬、息を止めた。花蓮の秘花は、恥ずかしいほど滑らかに貴臣を呑み込んでいた。どれほど彼を待ちわびていたか、身体は嘘をつかない。彼が動きはじめると、濡れた音が微かに耳まで届いた。

「花蓮、ずっとこうしたかった」

「……私も……」

彼が深いところを抉《えぐ》るたび、快感が背筋を伝って指の先まで広がった。貴臣は何かに憑かれたようにうなじにキスを繰り返す。

「あ……は」

花蓮は頬をシーツに押しつけた。彼はなぜ、その場所に何度も口づけるのか。

――番の誓い。

アルファがオメガのうなじや首筋を噛むことで、二人の間に番の絆が結ばれる。貴臣のキスは、互いを生涯ただ一人の相手と認める誓いの儀式を思わせ、花蓮の胸を揺さぶった。

(私たちは、なれないのに)

花蓮の望む、愛で繋がれた番にはなれない。固く閉じた瞼の縁に涙が滲んだ。

（彼と人生を歩むのは、彼にふさわしいアルファ。賢く美しいあの人なのに）

それでもうなじへのキスは、花蓮の貴臣への想いを甘く掻き立て、快感を膨らませる。

「や、あ……っ」

一度大きく引き抜かれたもので、奥まで突かれた。その瞬間、花蓮は背をしならせ昇りつめた。崩れ落ちる花蓮を貴臣の腕が抱き留め、優しくくるんでくれた。

「見ろ、花蓮」

どこか夢のように幸福な場所をたゆたっていた花蓮の意識は、熱い囁きに引き戻された。貴臣は花蓮の手を取り、ついさっきまで花蓮のなかで暴れていた自分に押しつけた。

「達ったばかりなのに、まだこんなだ」

花蓮の触れた彼は、まだ十分に力を有り余らせている。

貴臣は信じられないと興奮している。普段の落ち着きぶりが嘘のように、嬉しそうな表情を隠しもしない。アルファの性を解放した自分を、彼は素直に受け入れ楽しんでいる。

「貴臣さん……」

手のひらで脈打つ彼に、花蓮は愛おしささえ感じていた。

貴臣は教えてくれた。二人がアルファとオメガでいる間は、恥ずかしいぐらいに求めあってもいいのだと。今、手のなかにあるのは、彼が自分を心から求めてくれている証に思えた。

「本当に天国だな。そうやって握られているだけで、すぐに元気になる」

貴臣は花蓮の額や頬にキスを降らせる。互いに身繕いする動物のように、花蓮もそんな貴臣に強く身を寄せ、彼の顎や喉にキスを返した。

石川の反応はアルファとして自然なものだった。彼は花蓮をレイプしようとしたわけではない。もし、花蓮が石川に応えてしまったとしても、オメガなのだ。誰にも責められない。

（だけど、私はあなたでなければ絶対に嫌だった。獣の自分になるのはあなたの前でだけ、私のアルファはあなただけだと強く思ったの）

だからこそ、オメガの本能が石川にぐらつきかけた時、花蓮は自分を引き戻すことができた。

番になるべく生まれてきた相手だから、愛するのではない。

愛してしまったあなたが運命の番相手なら、どれほど幸せだろう。

その願いが今では抱えきれないほど大きなものに育ってしまっていた。フェロモンや番という単語に悲しい気持ちしか抱けなかった日々が遠い昔のようだ。

ふいに、いつかの優一の言葉が蘇ってきた。

『もし、花蓮が気になるアルファと出会った時は花蓮らしいやり方で、その人に一生懸命恋をすればいい。相手も同じ気持ちを返してくれるようになったら、最高だよね。その上、その人が最初から花蓮と番になるべく運命づけられた相手だったら、幸福を奇跡と言い換えたっていい』

（お兄ちゃん、奇跡は起こらないんだよ）

奇跡は起こらない。でも、花蓮に一生懸命恋をする権利はある。

（俺のオメガだって言ってくれた）

だったら何度も欲しがることが、彼への秘めた想いを伝えるひとつの形になる。

身体を起こした花蓮を追いかけ、貴臣も起き上がった。

「なんだ？　まだ終わりじゃないぞ」

「……私だって……終われません」

二人は惹かれるように唇を重ね、長いキスを交わした。お互い熱く逸《はや》る呼吸は、静まる気配もない。

花蓮は貴臣の胸にそっと手を置いた。シャツの下の、跳ねる鼓動が伝わってくるようだ。

「脱いでください」

花蓮は彼のスーツの上着を奪うと、自分もシワになったジャケットを脱いだ。それから、すっかり緩んだネクタイに手を伸ばす。気持ちばかりが先走り、うまく解けないのがもどかしかった。驚いてされるがままになっていた貴臣は、やがて自分も花蓮のブラウスのボタンを外しはじめた。

二人とも裸になったとたん、花蓮は貴臣を押し倒した。

「花蓮？」

貴臣の目にまた、驚きの色が広がった。彼は頭だけ持ち上げ、花蓮を見上げた。

「貴臣さん……」

恥ずかしさに消え入りそうになりながらも、花蓮は貴臣に跨《また》がった。

（あなたが好きです）

言えない想いを身体で伝えたい。花蓮の願いは溢れるほどだった。花蓮は思い切って貴臣に秘花を重ねた。腹につきそうに勃ち上がった彼をゆっくりと押し潰すと、貴臣は苦しげな息を吐き出し、シーツに頭を落とした。

「私もです。私も終わったばかりなのに、まだこんな……」

彼が教えてくれたように自分もそれを教えるつもりで、二人の分身を密着させた。

「……あ……は、あ」

花蓮は喘いだ。こうして隙間なくくっついているだけで、もう一度彼を受け入れたがっている場所が強く疼いた。花蓮はおずおずと、そのまま腰を前後に動かす。自然と花弁は割れ、猛った幹の上を滑った。蜜に塗れた花が、どれだけ自分が追いつめられ彼を欲しがっているのか、伝えてくれるはずだ。

「……花蓮……快《い》いよ」

貴臣は恍惚として目を閉じている。

「あ……、貴臣さん……」

花蓮もすぐにでもまた、昇りつめてしまいそうだ。でも、このままでは足りないと、花蓮の肉体《からだ》が訴えている。

(あなたが欲しい。あなたをもっと感じたい。身体の奥の、この堪らなく熱く疼く場所を、あなたでいっぱいに埋めてほしい)

オメガの本能が……、それよりもはるかに大きな彼への想いが、花蓮を動かす。花蓮は硬く張りつめた愛しいものを、もう一度手に取った。今度はためらいつつも、自分から指を伸ばした。

「私はあなたのオメガです」

花蓮は彼を入口に導き、押し当てる。

「だから……」

綻んだ花芯が彼の先端を柔らかく包んで、ゆっくりと呑み込んでいく。花蓮の腿に震えが走った。

「だから、あなたも私のアルファです。私だけの……アルファ」

花蓮は心に秘めた想いを重ねて、その台詞《ことば》を口にした。奥まで彼でいっぱいになると、花蓮の身体は待ちかねたように動いた。熱く潤んだ内側を、衰える気配もない彼で掻き回す。

「もっとだ」

切なく捩れる花蓮の腰を、貴臣の両手がつかんだ。

「や……あぁ」

「俺はお前のアルファなんだろう？」

いきなり下から大きく突かれて、花蓮はしゃくりあげるように喘いだ。

「だったらもっと思い知らせてくれ」

バネのように引き締まった貴臣の半身が、花蓮を揺すり上げた。快感のボタンでも押されたように、蕩ける感覚がたちまち膨らんだ。

「待って……駄目っ」

花蓮は泣きそうになる。

（気持ちいい）

あまりに気持ちがよくて、彼を貪ることしか考えられなくなってしまう。伸ばされた両手に乳房を包まれた時、花蓮は貴臣の上で跳ねた。熱い息と一緒に、とめどなく蜜が溢れてくるのを感じた。

「……んっ」

乳房を揉まれる甘やかな快感を追いかける。シーツについた両膝に力が入った。花蓮はいつの間にか彼の動きに合わせ、腰を上下させていた。

「そんなに締めつけるな」

貴臣が微かに呻《うめ》いた時、花蓮は再び頂へと駆け上がっていた。花蓮は貴臣の胸についた手で、崩れそうな自分を支えた。

彼はまだ萎える様子もなく、花蓮のなかを熱く満たしていた。

乳房がまた彼の手にすくわれた。強く握られた痛みに、花蓮の顎が上がった。

「石川がお前に触れているのを見た時は、頭に血が上った」

貴臣の指が乳房を凹《へこ》ませる。まるで自分の跡を残そうとでもするかのように、爪が肌に食い込んだ。

アルファ性は誰かを殴る時でさえ冷静に状況判断し、行動に移すという。花蓮のアパートで借金取りを撃退した時もそうだった。

相手は石川だ。貴臣は拳を向けていい人間ではないと頭ではわかっていた。本気でぶつかる理由などないことも、瞬時に理解した。石川もそうだろう。

「それでも俺たちは自制できなかった。フェロモンのせいか？」

「……んっ」

花蓮は息をつめた。花蓮とひとつになったまま、貴臣が身体を起こしたのだ。ゆっくりと背中からシーツの上に下ろされた。

「彼はそうだろう。でも、俺は違う」

額にされたキスの優しさに、花蓮は目を開けた。

「フェロモンだけじゃなかった。あれは……あれは俺が初めて知る独占欲だ」

貴臣は花蓮に囁いた。

「あんなにも気持ちを掻き乱されたことはなかった」

貴臣は花蓮と目を合わせ、ゆっくりと動きはじめた。花蓮をいっぱいにしていた熱いものが、新しい悦びを連れてくる。

「番だからか？」

花蓮は高鳴る心臓の音を聞いている。

「番になるべきオメガには、アルファの理性まで奪う力があるのか？」

首筋に――番の誓いを交わすその場所に噛みつくようなキスをされ、鼓動は速くなるばかりだ。

「花蓮……」

「あ……、貴臣さ……」

大きく開かれ押し上げられた脚の間で、彼のたくましい下半身が力強くグラインドする。

「んっ……」

花蓮は思わずまた彼を締めつけていた。彼と離れたくなくて、ずっとひとつでいたくて、そうせずにはいられなかった。

（あなたが欲しい。身体だけじゃ嫌。心まですべて）

独占欲なら自分にもある。とっくの昔に抱えきれない大きさに育ってしまっていることを、こうして思い知らされている。

花蓮は貴臣の胸に顔を埋めた。

「……んっ」

弾ける寸前の、ひと回りたくましくなった彼が、花蓮を奥まで突いた。全身を貫いて走る快感に、花蓮はすべてを委ねた。彼の名を呼び甘く尾を引く声を、他人のもののように聞いている。

貴臣が不思議そうに花蓮の目尻にキスをした。

「なぜ泣くんだ？」

まだ小さく背を波打たせている花蓮を、貴臣は抱きしめた。

「ヒートは素晴らしいな。普段は抑圧されている本能が解放されて、すべてがリセットされるような爽快感がある。今までその価値を知ろうともしなかった俺は馬鹿だ」

貴臣は花蓮の涙も、その素晴らしさに感じ入ってのものだと思っている。

「花蓮。お前は俺のオメガだ。お前だけが俺にこの喜びを与えてくれる」

（貴臣さん……）

「お前を誰にも渡さない。ほかのアルファにも……、ベータにも誰にもだ」

抱かれる前より、花蓮の心は熱く重たくなった。

番に愛を求める私と、あなたは違う。
どんなに欲しくても、あなたはそれをくれない。
貴臣と離れたくない。今はまだ、彼のそばにいる幸せを手放す勇気はない。
だが、いつまで涙を誤魔化せるのか。彼のそばで笑っていられるのか。花蓮は自信がなくなった。

第六章　愛と別れの狭間で

オフィスでの出来事があった、次の週の日曜日だった。鳴り響くチャイムの音に、別宅の花蓮は顔を上げた。

（貴臣さん、仕事片づいたのかな？）

昼食後のお茶を淹れていた花蓮は、慌ててティーポットをテーブルに置いた。貴臣は持ち帰りの仕事があるということで、今日は一日、書斎にこもっていると聞いていた。

（貴臣さん……）

貴臣を思うと、また胸の奥が締めつけられるように苦しくなった。彼を好きになればなるほど、一緒にいられて嬉しい気持ちと苦しい気持ちが混じり合い、どうしていいかわからなくなる。彼の隣で今ここにある幸せに微笑みながら、少しずつ追いつめられていく。

『私が悪いんです。私がもっとしっかり自分の体調に注意を払っていれば、ヒートにも早くに気づけたはずなんです』

石川にしてみれば事故に巻き込まれたも同然だったあの日の翌日、抑制剤を飲んで出社した花蓮に、彼は深く頭を下げた。

花蓮の方も何度も頭を下げると、石川は改めて謝罪の言葉を伝えた後、二度と同じ過ちは犯さないと誓った。

『貴臣様には、今回のことで私との関係を壊すつもりはないと言っていただけました。ただ、抗フェロモン剤の服用が滞ればまた同じ失敗をしないとも限らない。これまで以上に身体の管理を徹底しろと戒められました。しばらくは早瀬さんが私と二人きりにならないように、貴臣様の方でも配慮してくださるそうです』

そうして、石川は遠慮がちに付け加えた。

『とんでもない過ちを冒してしまった私ですが、私はお二人の応援団を自認しております。貴臣様のそばに早瀬さんがいることを、とても良いことだと考えていますから』――と。

花蓮は貴臣にとって大切な存在だと言ったのは、石川だった。あなたの代わりは誰にもできないと、彼自身、そう信じている目をしていた。

花蓮は貴臣への想いに追いつめられると、石川のあの目に、彼の言葉に縋りつきたくなる。もしかしたらこの恋の結末が変わるかもしれないと、微かな希望を抱いてしまいそうになる。

（もし、貴臣さんがあの噂の彼女との婚約発表でもしたら、そんな希望なんか木《こ》っ端《ぱ》みじんなんだけど）

花蓮はそんなことを考えながら、玄関に出た。自分のもとを訪ねてくれた貴臣の顔を、一秒でも早く見たくなっていた。

「お待たせしてごめんなさい」

そう言って急いで扉を開けた花蓮は、

（――えっ⁉）

小さく息を呑み、固まってしまった。

「こんにちは、早瀬花蓮さん」

思いがけない訪問者が立っていた。

「入っていいかな」

彼女の後ろから、明暗の入り組んだ庭の緑が零れている。ウォームグレーのスーツにシャツのトマトレッドが鮮やかだった。

西條美紀は、初夏の庭に一輪だけ咲いたノッポの薔薇のように見えた。


「勝手に来ちゃった。だってあいつに頼んでも、なかなか会わせてくれないんだもの」

花蓮が彼女のためのお茶を用意している間、テーブルの美紀は部屋のなかを興味深げに見回していた。いつもは貴臣が座る席に腰を下ろしている。さっぱりとしたショートヘアがハンサムウーマンな雰囲気とあいまって、とても魅力的に映った。

「ここが貴臣ご自慢の別宅かあ」

「勝手にって、貴臣さんは知らないんですか？」

「そう、内緒。門を入って真っ直ぐここに来たの。この家にはねぇ。私を手引きしてくれるスパイがいるのよ」

「スパイって……」

美紀の口から出ると、まったく違和感のない単語だった。女版・泉貴臣なのだ。肉眼でも見えそうな強烈オーラを放つ彼女には、いついかなる時も彼女の忠実なしもべとして働く人間の一人や二人、いて当然だろう。おそらくはそのスパイが花蓮や別宅についての情報を、彼女の耳に入れているのだ。

（西條さん、私を見てもちっとも動揺してない。っていうか、この様子だと私のことはたいして気にしていない？）

気にしていたらこんなふうに堂々と会いには来られないだろうし、真っ直ぐに目を見て話すのも躊躇うだろう。

花蓮は自分たちの関係に影響を及ぼす存在ではない——というのが、この超級アルファカップルの共通認識なのかもしれなかった。

「オレンジピールのハーブティーです。飲めますか？」

花蓮は美紀の前にカップを置いた。来客用の食器はないので、申し訳ないが自分用のスペアだ。

「もし、紅茶か珈琲がよければ——」

「大丈夫。むしろ嬉しい。自分でもよく淹れて飲むのよ。ほかにもカモミールとかジャスミンとかね」

花蓮はほっとして、美紀の向かいに座った。

しばらくはどちらも黙っていた。花蓮は何を話していいのかわからなかったのだが、どうやら美紀は違うらしい。この目は、花蓮を観察するのに集中している目だ。

「……スーパーオメガねぇ」

美紀が呟いた。

「？　スーパー？　何ですか？」

美紀は花蓮の問いには答えず、艶《あで》やかに微笑んだ。

「ねぇ。早瀬さんは、貴臣とはどうやって知り合ったの？　出会う前の生活に、彼との接点はなさそうよね」

いきなり答えにくい質問が飛んできた。貴臣もそうだったように、彼女は花蓮の基本的なプロフィールはとっくの昔に知っているようだった。

「ね、教えて」

彼女のこの微笑みに逆らえる人間は、そうはいないだろう。笑顔もあまりに魅力的すぎると、パワハラ的なとんでもない圧を感じる。

「あの……、パーティーで会ったんです」

「パーティー？　どんな？」

容赦なく切り込んでくる美紀に、花蓮は覚悟を決めて正直に答えた。

興味深そうに花蓮の話に最後まで耳を傾けていた美紀は、「その手のパーティーがあるのは知ってたけど」と呟くと、ハーブティーに口をつけた。会話は再び途切れたが、花蓮が貴臣とどんな出会い方をしたのか知っても、やはり彼女に動揺する様子は見えなかった。

（私も聞いてもいいのかな？）

美紀のプロフィールなら、花蓮もよく知っている。何しろ彼女も貴臣に負けず劣らず全国区の有名人なのだから。「プリンス様のお茶会」の会員になってからは、真偽のわからない噂話にいたるまで耳に入ってくるようになった。

（でも、私の知りたいことはひとつだけなの）

――あなたと貴臣さんは、結婚の約束をしているんですか？

今なら聞けそうだと思った。でも、イエスの確率は限りなく高いと覚悟していても、花蓮は聞けなかった。聞いてしまうとすべてが終わってしまうような気がして怖いのだ。

（心臓のとこ、痛い。このまま本物の病気になっちゃいそうなぐらい、しくしくする）

勇気のでない花蓮はしかたなくあきらめると、平静を装ってほかの話題を振った。

「その指輪、素敵ですね」

ルビーだろうか？　元モデルらしく完璧にケアされた美紀の美しい右手を、真紅の石が飾っている。

「この色、綺麗でしょう？　赤は私の色なの。濃ければ濃いほど好き」

美紀は右手をかざして自慢する。

あの夜のパーティーでも、たかが参加証に百五十万円もするジュエリーが出てくる超絶セレブ――それが美紀も属する天上国のアルファだ。彼女のお気に入りらしい指輪がいったいどれほど高価なものか、花蓮には想像もつかなかった。

「去年の暮れに買ったのよ。一年頑張った自分へのご褒美に」

花蓮の視線は、指輪から彼女自身に移った。美紀に「ご褒美」という感覚があるのが、意外だった。彼女なら何も特別な理由をつけなくても、たいていのものは買いたい時に買えるはずだからだ。

「羨ましいって目じゃないわね」

美紀は花蓮の視線を受け止め、怪訝《けげん》そうにちょっと首を傾げた。

「ええ……。指輪の値段の分だけ仕事を頑張ったってことだから、すごく大変だったんだろうなって」

「なあに？　同情？」

「すみません。そうかもしれないです。西條さんの活躍ぶりからいって、心身ともにストレスが溜まらないわけないもの。貴臣さんと同じで、激務に見合ったリラックスが下手そうです」

花蓮を映した美紀の瞳に、ふわりと驚きの色が広がる。

「変わってるわね。そんなふうに言う人、今までいなかったわ。少なくとも私や貴臣の周りには」

美紀の微笑みは柔らかく、さっきよりも力が抜けて見えた。

「貴臣さんと知り合わなければ、私もそんな指輪のできるあなたを羨ましがるだけだったと思います」

どんな仕事も完璧に、易々とこなせる。収入も高額だから生活苦とも無縁だ。

アルファはいいなあ、楽しいことばかりの人生で羨ましい。

美紀の周りの人間のほとんどは、きっとそう思って彼女に憧れている。だが、現実の彼女は――。

「おかわり、いかがですか？」

「いただこうかな」

花蓮は気づいていた。美紀が自分でもよく淹れるというオレンジピールも、カモミールもジャスミンも、どのお茶にも心をリラックスさせ、ストレスを和らげる効果があることに。

「別宅ではそのつもりはなくてもついうたた寝してしまうってあいつの自慢、どうやら本当みたいね」

美紀は納得したように頷くと、二杯目のカップに口をつけた。

「うたた寝できるのが自慢なんですか？」

「うん。アルファやってると、そんな寝てるんだか寝てないんだかわかんない無駄な時間、一瞬でも取る気にならないもの」

「無駄……」

（そうか。ぼーっと窓の外を眺めるのとおんなじなんだ。うたた寝も彼らには悪いことなんだ）

シアタールームでのあのひと時は、つまりは貴臣にとって贅沢な時間の使い方だったのだ。

「だけど、貴臣はまだよくわかってないのかも」

「はい？」

美紀がカップを置いた。

「別宅では、ってのは間違い。正しくは早瀬さんのいる場所では、じゃない？」

「え……」

「あなたが特別なの」

とくんと花蓮の鼓動が鳴った。

特別の意味を尋ねようとした花蓮は、ギョッとテーブルの上を見た。指輪の似合う美紀の手が、花蓮の手を握っていた。

「早瀬さん、私と浮気しない？」

「は？」

花蓮はぽかんとした。

「アルファ性とオメガ性は、男女に関係なく子供が作れるんだもの。同性愛のハードルは低いでしょ。あなたもそうじゃない？」

花蓮は曖昧に頷いた。偏見はないと思っているが、自分の立場に寄せて考えたことは、正直まだなかった。

まさか、美紀は本気なのだろうか？　手を引っ込めようとしても、離してくれない。

「私、あなたが気に入ったの」

「あ、ありがとうございます。嫌われるよりも嬉しいです。でも……」

「でも？」

「大切な人の愛人とそんな関係になるのは、いいこととは思えませんけれど。西條さんは……」

美紀からの思いもかけない誘惑が引き金となったのか。勇気がなくて声にするのをあきらめた言葉が、喉の奥から迫り上がってきた。

「貴臣さんとは婚約してるんじゃないんですか？」

とうとう聞いてしまった。

美紀は一瞬目を瞬かせ花蓮を見たが、すぐにいかにも彼女らしい艶やかな微笑みを口元に浮かべた。

「婚約はしてない」

「！　してないんですか？」

「何年も前から話は出てるけど」

（……やっぱり）

ネット上の噂は本当だったのだ。浮上しかけた気持ちが、一瞬で沈んでいく。

「彼、アルファの私の結婚相手としては最高の人よ」

花蓮は膝の上の、美紀に捕まっていない方の手をそっと握りしめた。心に届いたショックの波を、何とかやり過ごそうとする。

「結婚観が同じなのが大きいわね。私たちに限らずアルファのための学校を出た者はこう教えられるの。『アルファ性の結婚は——もっと大きくいえば人生は、その優れた能力を社会に還元し、役立てるためにあるんだ』って」

「アルファは互いに切磋琢磨することを好む性、それによって能力をより伸ばすことのできる性、ですものね」

「そうね。そもそも一部の学者たちが唱えてる、少子化問題を解決するためにバース性が生まれたという説は認めてないのよ。私たち《アルファ》は、アルファの価値を、アルファがこの世界に存在する意味を、もっと高いところに置いている」

続けて美紀の口から出た台詞《ことば》は、花蓮の心の真ん中にぐさりと刺さった。彼女は「アルファはオメガを選ぶことにメリットを見出さない」と言ったのだ。

「オメガとはセックスのテンションが多少上がるぐらいだって、生徒の前で堂々と言い切っちゃう教師もいたわ。まあ確かにアルファの子供が生まれる確率にしても、オメガとの間では百パーセントではないからね」

「……貴臣さんと西條さんの間にならら、必ずアルファとして生まれてきますよね」

「そう。そのこと自体が社会のためになるという、馬鹿みたいに使命感に溢れた考え方」

次々と放たれる言葉の矢に、花蓮はもはや満身創痍《まんしんそうい》だ。

「愛人にするならオメガがいい。でも、あくまで愛人止まりが正解。恋人にはしない」

現実が改めて重くのしかかり、花蓮はうなだれる。

「アルファの使命感を強く守る者ほど、オメガと番になる将来は最初から選択肢に入らない」

(わかってた)

花蓮の心の片隅にひっそりと灯っていた淡い光——違う結末を夢見る気持ち——が、すうっと遠ざかっていく。

アルファの美紀にとって、アルファのなかのアルファと呼ばれる貴臣は最高の結婚相手に違いなかった。そしてそれは、貴臣にとっての美紀にも当てはまる。

「それでもね」

美紀はテーブルに少し身を乗り出すようにして、花蓮と目を合わせた。

「世の中には番になることを選ぶアルファとオメガがいる。今までは変わり者ぐらいにしか思ってなかったけど、最近の貴臣を見ていたらなぜ彼らがそうしたのか。私も理由を考えてみたくなってきたの。だって彼レベルのアルファが感情に振り回されるって、相当に驚くべきことよ」

美紀は花蓮の手を握る指に、静かに力を込めた。

(西條さん?)

花蓮はなぜか彼女に励まされている気分になった。

美紀はふと首を傾げた。

「『スーパーオメガ』だからって可能性もありなのかな？」

「スーパーオメガ？」

そう言えば、さっきも彼女は同じ言葉を呟いた。何だか特撮ドラマに出てくるヒーローみたいだが、花蓮には初めて耳にする単語だった。

と——突然、美紀はびっくりするほど大きなため息をついた。

「いいわね、オメガの女はみんなにモテて。羨ましい」

「は？　え？」

美紀は花蓮の手を握ったまま、またもや突拍子もないことを言い出した。女版・泉貴臣が自分を羨むなど、あり得ないのに。

「私の場合、相手を選べる立場じゃないんだよなあ」

「何言ってるんですか？」

すねたようにそっぽを向いた美紀に、花蓮は続く言葉をためらった。それは、世間の誰もが知っている西條美紀にふさわしくない横顔だった。花蓮と同じ、ちょっとしたことで泣いたり笑ったり毎日が騒がしい、どこにでもいる若い女性の顔だ。

「確かにね。オメガを下に見てる馬鹿男もいるだろうけど、バース性を問わずあなたは誰にとってもれっきとした恋愛対象だもの」

攻撃的な赤色のルージュが似合う唇を可愛らしく尖らせ、美紀は頬杖《ほおづえ》をつく。

「でもこっちは、アレよ。アルファの女はその気になれば、オメガの男に子供を生ませることだってできるのよ。そりゃ怖がるよね。私の場合、アルファの男でさえ遠巻きなのよ。学生の頃からそうだったわ。たまに奇特なのがいるかと思えば、私に寄生して楽して生きていきたいってやつだし。貴臣は変わってるの」

「そんな……。あなたがあまりに高嶺《たかね》の花すぎて、近づくのに勇気がいるだけじゃないですか？」

美紀のなかの、何か柔らかな部分に触れた気がして、今度は花蓮が身を乗り出した。唐突に優一の姿が思い浮かんだ。

「私の知り合いも怖がってなんかいません。彼はベータだけど、『アルファの彼女ができたら大切に守ってあげたい』って言ってます」

「なにそれ本当？」

美紀の視線がぐるんと花蓮に向いた。明らかに疑っている。

「守ってあげたいなんて、そんな騎士《ナイト》みたいなこと言う男いるの？」

「言いました」

「ベータなんでしょう、その人？」

「この耳でちゃんと聞きました」

花蓮の手がふっと軽くなった。花蓮はようやく解放された。

「早瀬さん！」

彼女の瞳は、一転、輝いていた。美紀がなぜそんなに興奮しているのか。花蓮はちょっと面食らってしまう。

「浮気をあきらめる代わりにお願いがあるの。その彼と会わせて」

花蓮の目が、え？　と丸くなった。いったい何度驚かせるつもりだろう。

「会いたいんですか？」

「私、気になる相手とは直接目を見て話したいのよ。あなたともそうしたみたいに」

「え……と……、は、はい、わかりました。今度連絡してみます」

「なるべく早めにお願いね！　スケジュールなら空けるから！」

何だかおかしなことになってしまった。

開いた扉の向こう、西條美紀の顔を見つけた瞬間から、花蓮の胸は疼き続けている。

美紀と話してみて、改めてアルファは恋愛にも結婚にも、とことん理性的かつ合理的に向き合っていける性という気がしてきた。

浮気のお誘いがどこまで本気だったのかわからない。だが、貴臣との関係に揺るぎがないからこそあんな言動が取れるのだろう。愛人である自分とも彼女はこうして驚くほど冷静に話ができる。レベルの釣り合うアルファ同士だからこそ築ける信頼関係に違いない。

（ほかの誰も、ましてやオメガの私なんか二人の間にとても入り込めない）

美紀に隠れてそっとついた花蓮のため息は、彼女と会う前よりも重たく苦いものに変わっていた。彼女と仲良くなれた分だけ貴臣との釣り合いの差も、人間としての器の差も、まざまざと見せつけられた気がしていた。

しばらくおしゃべりを楽しんだ後、貴臣に会わずに帰るという美紀を玄関まで送って出た花蓮は、最後にずっと引っかかっていたことを聞いた。

「スーパーオメガってなんですか?」

「ああ、それね。実は最新の研究対象で、まだ謎だらけの存在なんだけど……」

美紀は前置きをして、花蓮が驚くような話をはじめた――。

視界に映る庭園の灯《あかり》が、彼の動きに合わせて揺れている。

「……ひ……ぁ」

窓辺に立たされた花蓮は後ろから大きく突き上げられ、我慢できずに高い声を上げていた。

四度目のヒートがやってきたのは、美紀と話して半月あまりが経った真夜中だった。

貴臣はいつかのように花蓮が知らせる前にベッドを抜け出し、飛んできた。前日の雨のせいで湿った芝生の上を、別宅まで裸足《はだし》で走ってきた。

「……んっ」

カーテンは引かれていなかった。剥き出しの乳房をガラスに押しつけられ、花蓮は思わず身を竦ませた。ひやりとした震えが背筋を這い上がってくる。花蓮は縋る場所のない窓に両手の指を立てた。

(こんな……恥ずかしい)

ここは高い塀と門に囲まれた泉邸の敷地のなかだ。誰かに覗かれる心配はなかった。それでも抱き合う姿が外から丸見えのシチュエーションには、フェロモンの力をもってしても羞恥が勝った。花蓮は言葉で抵抗したが、貴臣はまったく聞き入れてくれなかった。

(どうしたんだろう?)

抱きしめる貴臣の腕に、キスを貪る唇に、自分の名前を呼ぶ声にさえ、花蓮は今までにない乱暴なまでの強引さを感じていた。

「花蓮……」

貴臣が腰を大きく回すように動かしている。

「快《い》い?」

「い……やぁ……」

「嫌じゃないだろう?」

貴臣は花蓮の、燃え落ちそうに火照った耳に、「お前のここが欲しがって放してくれない」と熱く吹き込んだ。

彼はわざとゆっくりした動作で抜き差しをはじめた。

「正直に白状しなければ、ずっとこのままだ。達かせてやらない」

今夜の貴臣は、囁く言葉も意地悪だった。花蓮は貴臣に責められていると感じていた。どうしてなのかはわからない。

「……お願い……」

焦らされるのは苦しい。でも、その焦れったさが堪らなく花蓮の快感を煽るのだ。彼をもっと深いところまで受け入れようと、無意識のうちに腰を捩り、その場所を差し出してしまう。

「お願い……」

「駄目だ」

「もう……もう……」

「まだこんなに濡れてるくせに」

ひとつになったまま彼は手を前に回し、花蓮の花弁を分けた。たちまち膝から崩れ落ちそうになった花蓮を支えて、貴臣の指は容赦なく蜜をすくっては掻き回す。

「言えよ。何が欲しいか」

彼にしては物言いも乱暴だ。

(貴臣さん?)

荒々しい呼吸に苛立ちが滲む。

「俺が欲しいと言え」

(何を考えているの?)

花蓮を責め、何かを確かめたがっているようにも聞こえる。

「言えないのか?」

急に貴臣の花蓮を貪るスピードが速くなった。彼は花蓮の腰を強く引き寄せると同時に、一気に奥まで押し入った。花蓮は一瞬、頭のなかが白くなるほどの快感に襲われ、息ができなくなった。

「は、あ……」

彼が出て行っても余韻は甘く全身にまとわりつき、立っているのがやっとだった。貴臣はそんな花蓮をもう一度、背中から包み込むように抱きしめてきた。

「花蓮、何を考えてる?」

花蓮はピクリと震えて身を硬くした。ヒートしているはずなのにいつもみたいに夢中になれないのは、自分も同じなのだ。美紀から聞いた話が花蓮の心に居座り、どうしても出て行ってくれない。

美紀に教えてもらったスーパーオメガの存在が、フェロモンの衝動さえもどこかへ追いやるほど花蓮に重くのしかかっていた。

＊＊＊＊＊

「スーパーオメガってなんですか?」

美紀が突然訪ねてきたあの日——。花蓮の問いかけに、彼女は詳しい答えをくれた。

「ああ、それね。実は最新の研究対象で、まだ謎だらけの存在なんだけど、あなたたちオメガ性のなかにごくまれにいるみたいなの。特別な能力を秘めた珍しいオメガが」

「特別って、どういう?」

美紀は長く形のいい人差し指をピッと立てる。

「番相手のアルファの身体能力を上げ、免疫力を高めることができるのよ。つまり『スーパーオメガ』の『スーパー』は、相手のアルファにとってのスーパーってこと」

「そんなすごい話、初めて聞きました」

ようやく自分のバース性と向き合い、受け入れる勇気が持てたばかりの花蓮には、オメガについて知らないこともまだたくさんありそうだった。

「実際、スーパーオメガの報告例は世界中からがあがってきているのよ。彼らと番《つが》ったアルファは、怪我をしても病気をしても目に見えて回復が早いんだそう。急に視力がよくなったり走るのが速くなったりする例もあるみたい。その結果、寿命まで延びるんじゃないかと言われてる」

「寿命まで？　ちょっと信じられません」

「医療や製薬の業界では、最先端の研究分野ではあるのよ。ただ、一般にはまだあまり知られてないんじゃないかな。アルファ同士の間でも話題に上るようになったのは、この一、二年の話だから」

「仕事柄、貴臣さんは関心が高いんでしょうね」

泉グループではバース性に関わる薬剤の開発に特に力を入れていると、以前貴臣本人から聞いた。花蓮のフェロモンを体感し、ヒート期のセックスを経験した今の貴臣は、自分自身の身体の反応や変化にさえ興味津々なのだ。アルファにスーパーな変化をもたらすオメガの存在に心を奪われないわけがなかった。

「いつだったか、そういう相手となら番になるのもいいかもって、前向きな発言はしてたかな。彼は昔からそう。できることならなんでも自分の身体で試してみたい、マッドサイエンティスト気質なの」

「そうなんですね……」

「スーパーオメガと番になることは、アルファにとって明確なメリットがあるわ。だって、自分の能力が確実に高まるわけだから。カップルになったアルファ同士で競い合う以上の効果が約束されている。フェロモンを介してただ惹かれあう『運命の番』とは、そのメリットの点で大きく違ってくる」

「自分がスーパーオメガだと知る方法って、あるんですか？」

もしも貴臣と自分の間に何かの兆《きざ》しがあるのなら、彼と一緒にいる理由が見つかるかもしれない。彼のそばに置いてもらうだけの価値を、自分に見出せるかもしれない。ふと芽生えた淡い希望を胸に聞いた花蓮に、美紀はあっさり首を横に振った。

「相手のアルファと出会ったとたん能力が発動するのならわかりやすいんでしょうけど、そうじゃないらしいの。ヒート期を何度か一緒に過ごしているうち、少しずつ現れてくるものみたい」

貴臣が花蓮に最初に興味を持ったのは、スーパーオメガのことが頭にあったからではないかと、美紀は考えているようだった。

（私が彼のスーパーオメガかもしれないと思ったから……？　だから、貴臣さんは私を愛人として囲ったんだろうか？）

「アルファとフェロモンで強く結びついている『運命のオメガ』。アルファに幸福をもたらす『スーパーオメガ』。一人のオメガが両方を兼ねるのは、少ないサンプル数で見てもかなりのレアケースみたいね」

花蓮の肩がびくりと震える。

「何百組に一組いるかいないかだって。何となくわかる気もする。だって、フェロモンの方はアルファから集中力やスタミナを奪うわけじゃない？　スーパーオメガの、アルファの能力を増強する働きとは真逆だものね」

「そうか……。そうなりますよね」

すると、美紀は思い出したという顔つきになった。「それにしたって、スーパーオメガってネーミングはどうなの？」と、芝居がかったポーズで肩をすくめてみせる。

「なんかおでこからビームでも出そうじゃない？　あ――でも、『運命の番』の方は、ドラマチックな響きが案外気に入ってるんだ」

美紀は花蓮をチョイチョイと手招いた。

「スーパーオメガとの番のこともね、一部の人たちの間ではロマンチックな言葉で呼ばれているらしいの」

「なんて？」

内緒話をする距離に近づいた花蓮の耳に、美紀が囁くように教えてくれた。

「オメガがアルファに素晴らしい贈り物をするという意味で、『幸福《こうふく》の番《つがい》』って呼ぶんですって」

＊＊＊＊＊

貴臣は花蓮の返事を待っているのか、じっと抱きしめたまま動かない。背中に重ねられた彼の温もりが、花蓮の胸を塞いだ。

（貴臣さんにも、彼の寿命まで延ばしてくれるオメガがいるかもしれない。でもたぶん……、きっとそれは私じゃない）

『運命の番』相手がスーパーオメガである可能性はとても低いと、美紀は言っていた。貴臣と自分が『運命の番』である確信さえまだどこか頼りなく、心は揺れ続けているのだ。スーパーオメガなど、花蓮には遠い世界の存在のように思えた。

ふいに花蓮を抱きしめる力が強くなった。

「お前の頭にいるのは誰だ？」

焦れた仕種で左の首筋にキスされ、花蓮は目を閉じた。

「誰だ？」

「いません……、誰も……いません……」

貴臣がなぜそんなことを聞くのかわけがわからず、花蓮はただ何度も頭を横に振っていた。唇で食《は》むような口づけが、熱い息とともに肩へと流れる。やがてそれはまた首筋へと戻ってくる。

「？」

花蓮はハッと目を開いた。唇の感触がさっきまでとは変わっていた。硬いものが肌に食い込む。

「――！」

花蓮はとっさに貴臣から身体を離していた。裸の胸を抱き、彼を振り返る。

貴臣は怖くなるほど真っ直ぐな目をしていた。瞳の色が変わるかと思うほど強い感情が、その目のなかで揺れている。

「花蓮、番になろう」

花蓮は一瞬、息が止まりそうになった。

貴臣の口から出るなど、想像もしていなかった言葉だった。

貴臣は本気だ。彼が花蓮の首筋を噛もうとしたのは、儀式のためだった。彼は花蓮と番になろうとしたのだ。

――嬉しい！

込み上げてきた花蓮の喜びは、だが、すぐに苦しい思いに呑み込まれた。貴臣は、唇をきつく結んで目を伏せた花蓮の表情には気づかない。

「番になれば、お前のフェロモンは俺にしか効かなくなる。お前は、お前を振り回してきた厄介な物質に二度と縛られなくてすむ」

貴臣は花蓮を自分の胸に引き戻し、抱きしめた。

「俺はお前にとってこの世で正真正銘、ただ一人のアルファになるんだ」

「貴臣さ……」

貴臣は開きかけた花蓮の唇をキスで塞いだ。

「お前はこれからずっと俺のそばにいればいい」

「……でも……」

「俺はお前を俺だけのものにしたい。どうしても独り占めしたいんだよ」

有無を言わせぬ口調だった。

「お前もわかっているだろうが、そもそも俺たちアルファはほかの男たちよりも――」

珍しく言葉をつまらせた貴臣は、短い沈黙の後、言った。

「たとえばベータの男よりも、俺の方がお前に与えてやれるものは多いんだ」

花蓮は思い切って顔を上げた。

「私はあなたに何もしてあげられません」

彼と目を合わせる、それだけでもう花蓮の胸はいっぱいになった。

「貴臣さんには、あなただけのスーパーオメガが……」

懸命に抑えてきた想いが溢れてくる気配がした。

「よく知っているな」

貴臣は驚いている。花蓮は俯き、潤む視界を悟られないようにした。

「あなたに良いものをたくさん与えてくれるオメガが、この世界のどこかに必ずいます。泉グループの力があれば、探し出すことができると思います」

「花蓮。俺は『運命の番』の相手はお前だと思っている」

力強い言い方だった。花蓮は思わずもう一度、彼と目を合わせていた。変わらない真っ直ぐな眼差しが落ちてくる。

「そして、俺にスーパーオメガがいるとしたら、それもきっとお前だ」

「え……？」

花蓮は震えた。切なく締めつけられる痛みとともに、鼓動が高鳴る。

「もし本当に私が運命の相手だったとしても、スーパーオメガでもある可能性はとても低いと聞きました」

「確かにそうだ。でも……」

貴臣は初めて僅かに目を伏せ、「俺はそう思っている」と言った。

「俺を信じろ」

何の根拠もなく断言するなど貴臣らしからぬ言葉に戸惑いつつも、花蓮の心に信じたい気持ちが頭をもたげた。

だが――。

「お前が俺のスーパーオメガなら、俺にとってお前と番になるのは、アルファ同士の結婚よりもずっと価値があるんだ」

貴臣の口にした「価値」の二文字が、花蓮を現実に引き戻した。

価値とは、美紀の言っていたメリットということなのだろう。

「貴臣さん……」

瞳のなかの彼の顔が滲んで溶ける。

「花蓮？」

貴臣は引かれるように指を伸ばし、花蓮の目元を拭った。

「……もし私が誰かと番になるとしたら、フェロモンで結ばれた運命の人だからとか……私がスーパーオメガだからとか、そんな理由でじゃない、その人を愛しているからこそ、その人に愛されているからこそ番になりたい」

美紀にスーパーオメガの話を聞いた時、花蓮は自分がそうならいいと思った。貴臣のスーパーオメガだったら、ずっと彼のそばに置いてもらえるかもしれないと、一縷《いちる》の望みに縋る気持ちになった。

だが、間違っていた。花蓮の本心はそうではなかった。

スーパーオメガを理由に番になろうと告げられた今なら、はっきりとわかる。

もしも奇跡が起こって自分が貴臣のスーパーオメガであることがわかったとしても、メリットを理由に彼と番になりたくはなかった。

(彼は番になることを望んでくれているのに。こんなの、わがままだってわかってる)

けれど溢れ出す想いは止まらなかった。

「私たちオメガにとっての幸せは、アルファの愛人から出世して結婚することだと言う人がいます。最高の玉の輿《こし》が最高の幸せだって。私も以前はそんなものかもしれないって、あきらめてました。でも今は違います。私にとっての幸せは、相手がアルファじゃなくてもいい。ベータでもオメガでも――愛し合う人と二人で人生を生きていくことです」

花蓮はただ愛されたいのだ。

最初からずっとそうだった。

バース性は関係ない。一人の男である貴臣に、一人の女として愛されたかった。求められたかった。

花蓮にとってはそれこそが、『幸福の番』と呼ぶべきものなのだ。

貴臣は花蓮を見つめていたが、やがて確かめるように聞いた。

「お前と愛し合う男のものになりたいということか」

「はい……」

「花蓮を愛し……、そして花蓮に愛されている男しか、お前を自分のものにはできないということだな。二人の間に愛情がなければたとえ番になっても、それはお前にとっては相手に縛られ繋がれるだけの虚《むな》しい関係だ」

「……はい」

頷くたびに花蓮の胸は、痛みで撓《たわ》んだ。メリットで番相手を選ぼうとしている貴臣の頭には、最初から愛情のことなどなかった。自分こそがその『愛されている男』だとは、気づきもしないのだろう。

貴臣は花蓮を抱きしめる腕を静かに解いた。もう一度、濡れた睫毛を指で拭われたかと思うと、優しい感触は幻のように消えた。

「わかった」

すべての幕引きをするかのような短い一言とともに、彼は花蓮に背中を向けた。

番の儀式が幻に終わって半月あまりが経った、その日。執務室に向かう花蓮の足は、途中、幾度も止まってしまった。

「明日、午前中の仕事が終わったら、オフィスの俺の部屋に来てくれ。二人だけで話がある」

昨夜遅く、それだけを伝える電話がスマホに入り、花蓮は予感がしたのだ。いったいどんな話をされるのか、聞かなくてもわかる気がした。

最後のヒートの後、貴臣の態度は明らかに変わった。会社には連れて行ってくれるが、必要な会話以外交わさなくなった。一日の終わりに珈琲をオーダーされることもない。別宅への訪問も途絶えたまま、二人で過ごす時間はすべて失われた。

(何を言われるのか、わかっているんだもの。逃げ出したい!)

心の声は叫んでいるが、花蓮は何度立ち止まっても、重たい足を再び動かすしかなかった。

貴臣との関係をどうするのか。決断する時が来たのだ。

「失礼します」

緊張で強張る手でノックをし、軽く深呼吸してから花蓮は扉を開いた。もう片方の手には、貴臣に渡すものが入ったバッグを提げている。

「花蓮、時間を取らせて済まない」

デスクの貴臣に、何ひとつ普段と変わった様子はなかった。部下たちに次々と的確な指示を与える時のように、とても落ち着いて見える。

（とうとうこの時がきてしまった）

二人の間に、出会った頃ですらなかったよそよそしい空気が流れている。今の自分たちが大事な話をするのに、オフィスこそふさわしい場所かもしれない。別れ話もビジネスライクに切り出せる。

そうなってもせめて冷静に振る舞えるよう精いっぱい覚悟を決めた花蓮の前に、見覚えのある書類が差し出された。花蓮と貴臣が交わした愛人契約書だ。

「ここに書かれているすべての決め事を破棄し、二人の関係を終わらせたい」

花蓮とはデスクを挟んで上司と部下の距離に離れ、貴臣は淡々と続ける。

「契約書には、二人のうちどちらかが契約解消の意志を申し立てた場合、両者の協議によって結論を出すとある。お前に何か言いたいことがあれば、聞きたい」

貴臣の後ろの窓に、まるでラメをまぶしたようにきらきらと輝く夏空が広がっている。彼と出会った頃はまだ肌寒かったことを思うと、花蓮の胸に言葉にできない大きな感情が込み上げてきた。

貴臣とともに過ごした時間の記憶が蘇ってくる。愛人になって知った彼の幾つもの表情《かお》が、彼がかけてくれた何百という言葉が、心の水面《みなも》に鮮やかに映し出される。

「俺はお前との関係に答えを出したんだ」

「……はい」

「自分がどうすればいいのか結論を出した」

「私も――」

彼のそばにいたい。いたくない。

ふたつの願いの間で揺れ続けてきた心に、花蓮も答えを出す時が来たのだ。

(本当は、自分がどうすればいいのかなんてとっくにわかってた)

貴臣に番になりたいと言われたあの時、ほんの束の間、とても幸福な気持ちを味わった。長く胸に抱えてきた想いが報われたようで、純粋に嬉しかった。たとえフェロモンが繋ぐ絆でも、番相手として彼の目に映ったオメガはこの世界に自分一人なのだから。

(もう十分じゃない)

貴臣の後ろ姿だけを黙って見つめ続けてきた、この半月。花蓮は何度も思ったのだ。彼の視線さえろくにもらえなくても募り続けるこの想いは、とっくの昔に断ち切らなければならなかったと。番になることを拒み、彼に背中を向けられたあの夜に、決別するべきだった。

「私も契約終了に同意します」

「そうか」

貴臣は椅子を回し、窓の向こうを見やった。表情が見えなくなる。

「引っ越し先の候補を幾つか用意しておいた。どの部屋も、明日にでも移れる。詳しいことは、後で石川に聞いてくれ」

「いろいろ気遣ってくださって、ありがとうございます」

「もし……」

「はい？」

「もしもお前に誰か身を寄せる相手がいるなら……、こちらの用意した物件を無理に使う必要はない。好きにすればいい」

貴臣は、花蓮が契約期間中に購入したものはすべて——洋服から家具、食器類にいたるまで——自由にしていいこと。今月カフェで働いた分の給与は、日割りで後日支払われること。新しい就職先の斡旋をしてくれることなど、悲しくなるぐらい事務的な口調で花蓮に伝えた。

「肩代わりしていただいた借金ですが……。貴臣さんのお言葉に甘えて、お世話になっている間は自分の役目を果たすことでお返ししているつもりでしたが、これからは少しずつでもお金で返済したいと思います」

貴臣は窓の方を向いたままだ。

「それはいい」

「でも……」

「その点も含めての契約終了だ」

（本当に終わりなんだ）

鼻の奥にツンと痛みが走った。

（今日この部屋を出たら、彼と私を結ぶものは何もなくなるんだ）

花蓮は借金にさえ縋って、たとえ細い糸でもいい。貴臣との間を繋ぐものを手放したくないと願っている浅ましい自分を知り、どうしようもなく悲しくなった。

揃えたハイヒールの先に、ポタリと透明なものが落ちた。花蓮が濡れた目元を慌てて拭って顔を上げた時、デスクの貴臣がこちらを向いた。冷静そのものだった彼の表情が、心なしか強張って映った。

「あの……、突然でごめんなさい。貴臣さん、お昼までですよね」

「？　ああ……、今日は社内で取るつもりだった」

貴臣とこんなふうに二人きりで話すことはもうないだろう。だったら最後に瞳に映るのは互いの笑顔でありたいと花蓮は思った。勇気を出して作ってきたものが、一役買ってくれそうだ。

花蓮は提げていたランチバッグをデスクに置いた。白地にブルーのストライプ柄をネットで買ったのは、実はずいぶん前になる。

「一度お弁当を食べてもらいたかったんですが、貴臣さん、お昼に社内にいることがほとんどなかったでしょう。最後にチャンスが回ってきてよかったです」

多忙な彼が別宅で口にできたものといえば、お気に入りのゼリーだけ。彼と一緒に食事をする機会はなかなか巡ってこなかった。だからせめてお弁当でも食べてもらいたいと思ったのだ。貴臣の育った家庭に母親が弁当を作る習慣はなかったと聞いていたから、自分の手作りを食べてもらいたかった。

「ありがとう。開けても？」

「どうぞ。おかずは月並みですが」

貴臣は戸惑いつつも、彼らしい好奇心に瞳を輝かせている。楽しそうに包みを開く貴臣を見ただけで、花蓮ももう、嬉しさで胸がいっぱいになった。

シンプルな二段式のランチボックスだ。下段はごはん用、上段は中子《なかご》と仕切りを使って何種類ものおかずをつめられるようになっている。

優秀なアルファの貴臣は食の好みも模範的で、好き嫌いとは無縁だった。ミニカツに焼き鮭《じゃけ》、玉子焼きに椎茸《しいたけ》のうま煮、ほうれん草のおひたし等々、特に珍しくもないメニューだったが、喜んでくれているのは表情でわかった。

別れへの思いで壊れてしまいそうな心を抱えながらも、花蓮の唇も綻ぶ。

「これは、猫だな」

「猫ですね。貴臣さん、秘かににゃんこが癒しアイテムだと思ったので、入れてみました」

三毛猫と黒猫のおにぎりセットは、海苔《のり》やハム、チーズを使って作ってみた。

「もったいないから最後にとっておこう」

貴臣は子供みたいに宣言してから、迷わず最初の箸で玉子焼きを挟んだ。

「いただきます」

貴臣は、そのほのかにバターの香りをする一切れを食べた。集中してしっかりと味わっている。緊張の面持ちで見守る花蓮に、

「美味しい」

貴臣は笑ってくれた。オフィスでも自宅でも見せない、もしかしたら花蓮しか知らない笑顔だった。

無駄な時間をのんびり過ごす楽しさに目覚めた、貴臣の微笑み。

（いいなあ）

花蓮はこんな貴臣をもっと見ていたいと思った。

（ああ……、そうか）

彼には新しい家庭の形を味わってほしいとはじめた、別宅での生活だった。でも、それはいつの間にか花蓮の夢見る幸せの光景に変わっていた。


あなたがいて私がいて、あなたによく似た子供たちがいて。

笑ったり怒ったりはしゃいだり、みんなで囲むにぎやかな食卓。

誰がアルファでもオメガでも関係なく、ただ互いへの愛情に溢れている。


自分が心から望んでいるものが何だったのか。叶うはずのない夢を映した花蓮の瞳が、ふいに曇った。

宣言通り、猫型のおにぎりを最後に食べ終えた貴臣は、満足そうに箸を置き、花蓮に礼を言った。花蓮は落ち着いて振る舞おうとすればするほど上手く動かせない指で、バッグにランチボックスをしまう。

「花蓮。この先お前が、お前の愛する相手と幸せになることを祈っている」

「貴臣さんも……」

花蓮はぎこちなく見えないように、精いっぱい頑張って笑顔を作った。

「貴臣さんなら、アルファのなかのアルファと呼ばれるあなたにふさわしい幸せをきっと見つけられます。あなたと一緒に人生を歩んでいける誰かが、この世界にきっといます。その人と巡り会えるように、私も祈っています」

（その女性《ひと》はもう、あなたのそばにいるのだろうけれど）

花蓮は貴臣を赤薔薇のようだと思ったことがある。美紀が目の前に現れた時も、花蓮はその姿にも真紅の薔薇を重ねた。彼ら二人こそが、肩を並べて共に生きるべく生まれついた運命の関係ではないのだろうか。

花蓮の視界が、見る見る滲んでいく。笑顔で別れようと思っていたのに。

「花蓮？　どうした？」

「ごめん……なさい」

声を詰まらせる花蓮に、貴臣は伸ばしかけた手を静かに握って落とした。伏せられた彼の目は、もう花蓮を見てはいなかった。

「俺は最後までお前を泣かせてばかりだったな」

花蓮は頬を濡らして部屋を飛び出していた。

第七章　私を幸せにする番の法則

九月某日——。新しい部屋に引っ越したものの、残念ながら花蓮は二週間で転居することになった。

いったいどこから漏れたのか。花蓮が愛人契約を終了し、泉邸を出されたニュースが世間を駆け巡ったのが原因だった。今は昔のようにマスコミもストーカーじみた取材はできなくなったが、それでも貴臣がらみのネタは無茶をしてでもスクープしたい人間が大勢いるのだ。

「すみません。最近は野次馬まで集まってきちゃって。マンションの住人の方にも迷惑だし、近々別のところに移ろうと考えています。せっかく手配していただいたのに、申し訳ありません」

花蓮が石川に連絡を入れると、彼は引き続き部屋探しに協力してくれると言った。

『遠慮などなさらないでください。早瀬さんが新居に落ち着かれるまでお手伝いするのも、私の大切な仕事ですから。マスコミの件も、こちらで何か手が打てないか考えてみますね』

同じ理由で職場も変えざるを得なくなったが、この時も石川が力を貸してくれた。おそらく貴臣から最後まで責任を持ってフォローするよう、指示されているのだろう。

泉邸を出てひと月が過ぎた。今、花蓮は中堅どころの商事会社で事務職として働いている。泉グループ傘下の企業ではないが、貴臣の父の友人が経営しているという。もしかしたら社長から事前に何らかの話があったのかもしれない。職場の人間は誰も花蓮の事情に触れることなく、ごく普通に接してくれている。その頃になると、パパラッチたちも潮《しお》が引くようにいなくなった。

ようやく日常を取り戻した花蓮が真っ先に会いに行ったのは、優一だった。

「世間の人たちは、そもそもが私の顔をはっきり覚えてるわけじゃないしね。道を歩いてても、もしかしたらって二度見されることがたまにある程度で、こっそり写真を撮られることもないし。もう大丈夫そう」

花蓮は優一に迷惑がかかるのを恐れ、あえて彼のマンションや勤務先のカフェとは離れた場所に部屋を借りていた。優一の方もこちらから声をかけるまではメールと電話のやりとりに留め、こうして気兼ねなく会える日を待っていてくれた。

「マスコミでほとんど取り上げなくなったのって、やっぱりあれかもな。泉さんの方でお願いしてくれたのかもよ。だって、グループ傘下の企業が大口スポンサーになってる番組やら雑誌やらが結構あるだろ」

優一は花蓮の顔をひと目見て、複雑な表情を浮かべた。気持ちの半分でほっとして、もう半分で心配している。

「とにかく落ち着いてよかったよ。考えごとしたい時は、静かな環境が必要だもんな」

たぶん優一は貴臣との関係を気遣ってくれているのだろう。だが、何があったか、無理に聞き出そうとはしなかった。

「話したいことがあったら、いつでも呼んでよ」

相変わらず待ちの姿勢でいてくれるのが、花蓮にはありがたかった。いつでも頼りにしていい相手がいると思うと、心強かった。

優一は美紀と時々会っていると言った。初対面の場は花蓮が貴臣の家にいる間にセッティングしたのだが、それからすぐに自分のことで手一杯になってしまい、その後の二人の様子を聞いていなかったのだ。

貴臣に続いて超ド級のアルファと引きあわされ、はじめは優一も緊張しているようだったが、今の表情から察するにもうすっかり肩の力は抜けたのだろう。

「会ってると言ったって、店でだよ。彼女、週に二、三度のペースでウチの喫茶店に来てくれるようになったんだ。もうすっかり常連さんだな。どうも時々仕事を抜けてくるみたいなんだけど、あれ、大丈夫なのかな。スケジュールが分単位で決まってるぐらい忙しいらしいのに」

そう言って首を傾げる優一に、花蓮は教えてあげたかった。二人が初めて会った後、「あんな男もいるのね！」と美紀が興奮気味にはしゃいでいたことを。アルファならではの『羽村優一分析トーク』にも、びっくりするぐらい熱が入っていた。たぶん今の美紀は新しくできた友人に会うため店に通う時間を、仕事の時間と同じぐらい大切にしているに違いなかった。

「世間の噂通りの女王様キャラだけど、花壇の前にしゃがみ込んでいつまでも花を眺めてるような可愛いところのある女性《ひと》だよ」

相手の素敵なところをすぐに見つけてしまうのも、優一の優しさだった。バース性の壁など取り払い、これからも美紀とは仲良くしてくれるだろう。

二人はうまくいっている。花蓮の生活も、お兄ちゃんをほっとさせる程度には落ち着いた。だが、心のなかは別だった。

（貴臣さん、どうしてますか？）

朝起きた時も、食事をしている時も、職場に向かう電車のなかでも、デスクのパソコンに向かっている間も、夜眠りに落ちる瞬間まで花蓮の心はひたすら貴臣に注がれていた。

彼を秘かに想い続ける自由だけは、今もまだ手放せずにいた。

「冷たっ」

会社を出た花蓮は、歩道に下りたところで首をすくめた。

今日は朝から風が強かった。足を止め、バッグのなかを探る。この季節には必ず持ち歩いているスカーフを引っ張りだした。先週から羽織りはじめたステンカラーコートは、暗めのグレー。スカーフのピンクを巻くと華やいで、萎《しお》れていた気持ちが少しだけ明るくなった。

（夕飯、どこかで食べてこうかな）

久しぶりにそんな気になった。このところ食欲が湧かないせいか、自炊が続いていた。メニューも簡単なものになりがちで、栄養面で少々問題があった。

（何にしよう？　引っ越してまだ日が浅いから、近所のグルメ事情には疎《うと》いんだよなあ。このあたりで食べてくとなると、中華かイタリアンか。回転寿司って気分でもないし）

そこまで考えて、花蓮はふと思い出した。

（貴臣さんもあんまり食べてないって言ってたな）

もちろん、本人に聞いたわけではない。石川情報だ。

花蓮は歩き出すのも忘れ、歩道の脇に佇んでいる。油断するといつもこうだった。貴臣で頭がいっぱいになる。

一昨日の夜、石川が花蓮に電話をくれたのは、貴臣の体調がすぐれないのを心配してのことだった。このままではいずれ仕事にも支障が出るのではと、不安がっていた。


『貴臣様が体調を崩したのは、もしかしたらお二人が離れたせいかもしれません』

ひとしきり貴臣の状況を説明した後、石川はそう告げた。

「？　どういう意味ですか？」

『早瀬さんは聞いたことはありませんか？　〝運命の番〟となるべく生まれた二人がヒート期に身体を重ねるうちに、非常に強い肉体的な結びつきが生まれるという話を』

「『運命の番』は、ただ惹かれあう……というだけじゃないんですか？」

『はい。ホルモンの働きによるものと言われていますが、運命の番相手と長く離れていると、不安から食欲不振に陥ったり集中力が低下したりするようです。貴臣様の場合がまさにそうではないかと思いまして……。早瀬さんはどうですか？　今現在、お身体に何かしらの変調をきたしていませんか？』

「……いえ……」

花蓮の答えに石川は少し落胆した様子だったが、気を取り直したように続けた。

『私などが口出しできる話でないのは、わかっています。でも、私の推測が間違っているとしても、早瀬さんに貴臣様のそばについていただければ、大分落ち着かれるんじゃないかと思うんです』
「ごめんなさい。私、戻るつもりはありません。私とあの方の間にはもう何の約束事もありませんし、契約解消は貴臣さんの意思でもありますから」
しばらくの沈黙の後、電話の向こうで彼が小さく残念そうなため息をついたのがわかった。
『そうですか……。わかりました。でももし、私で何かお二人のお役に立てることがありましたら、遠慮なくおっしゃってくださいね』

花蓮はコートの上から胃のあたりを押さえた。

食べる量は減っているのにいつもお腹が膨れているような感覚は、しばらく前から続いていた。集中力が途切れがちだと実感するのは、職場でだった。作業ペースが目に見えて落ちているのだ。終業時間が近づくにつれ、気合を入れなければ今日予定していた仕事が片づきそうにないとわかる。

ずっと貴臣と別れたショックが原因だと思っていた。だが、実は石川の教えてくれたような理由からなのだろうか？　花蓮の肉体《からだ》が、一緒にいるべき貴臣と離れてＳＯＳを出しているのか？

「あ、また……」

花蓮は思わず首に手をやっていた。我に返って歩きだす。理由もなく早足になった。

（熱い……）

スカーフ越しに触れた指にまで伝わってくるようだ。

貴臣と別れた後、一度訪れたヒートは薬で何とか乗り切った。

それからだった。何の拍子にか、左の首筋が熱く疼くことがよくあった。まるで焼けた棒でも押しあてられるようで、花蓮は一瞬息をつめてしまう。

『番になろう』

左の首筋は、貴臣が番の儀式をしようとした記憶の眠る場所だった。

（――貴臣さん）

吹く風の冷たさを感じるたびに、首筋の熱が際立つ。あの夜の、激しい口づけにも似た行為が蘇る。花蓮は忘れられなかった。身体を芯から揺さぶる衝動が頭をもたげてくる。

彼に飢えて飢えて、どうにも満たされない気持ち。

彼を求めて求めて、どこまでも追いかけずにはいられない気持ち。

それはヒート期の欲望とよく似ているが、花蓮が過去に感じたものとはどこか違っていた。衝動の源にあるのは、身体の半分が欠けているような強い不安感だった。

早くあなたを捕まえたい。

欠けたところを補いたい。

二人の肉体がひとつであることを、ただ抱きしめ合って確かめたい。

今、花蓮を揺さぶっているこの初めての衝動を、貴臣も感じているだろうか？　石川の言うように二人が離れることで現れた、運命の番である証だろうか？

コートのポケットでスマホが震えている。

（電話？）

また石川がかけてきたのかもしれない。出ようかどうしようか、迷いつつ画面を覗き込んだ花蓮の目に、思いがけない名前が飛び込んできた。花蓮は急いで歩道の端に寄ると、応答をタップし、耳に押し当てた。

『早瀬さん？』

「西條さんですか？」

美紀と話をするのは、泉邸を出てから初めてだ。

『元気そう……でもないわね。しゃべるのも億劫《おっくう》みたいじゃない』

「いえ、夕食前でお腹がすいてるから、力が出ないだけです。何かあったんですか？」

胸騒ぎがした花蓮は、話の先を促した。スマホを握る指に力が入る。

『貴臣が車にはねられたの』

美紀の一言に、一瞬言葉が出なくなった。

『命に別状はないそうよ』

「本当に？」

そう言われても、不安に乱れる花蓮の鼓動は静まらない。

『私もね、今朝、例のスパイ経由で事故のことを知ったの。急いで電話して本人に直接確かめたから、大丈夫。安心して。なんでも昨夜、ぼーっと歩いてて車に引っかけられたんですって』

まったく自分らしくないミスだと、本人は自嘲気味に話したという。

貴臣は転倒し、植込みのコンクリートに額をぶつけて切った。検査の結果、頭に異常はなかったが、傷口を縫ったこともあり、医師からは念のため数日仕事を休んで安静にするよう言われたという。

『あいつの場合、いつもならつき合いのある病院に強制入院させられちゃうんだけどね。一人になりたいからって往診を頼んで、自宅療養してる』

「一人で大丈夫なんでしょうか?」

『心配なら、自分の目で確かめに行ってみたら? 愛してるんでしょ、あいつのこと』

美紀にさらりと言われて、花蓮は言葉をつまらせた。

『貴臣とは私、婚約も何の約束もしてないって言ったよね』

花蓮の返事を待ってしばらく黙っていた美紀が、やがて話しはじめた。

『私にとって彼が一番の結婚相手だと思っていたのは、本当。アルファの私には、アルファのなかのアルファと呼ばれる男をパートナーにする以上の幸せはない。それは私のなかで、長い間、ただひとつの正解だったの』

暗くなるにつれ勢いを増していく風が、花蓮のスカーフを揺らす。街路樹がざわりと音をたてた。

『だけど、あなたと会って話しているうち、誰にも聞かせたことのない本音が思わず零れてしまった。心に閉じ込めている間は目を背けていられたけれど、言葉にしてしまったらもう見ないふりはできなくなった。私、あきらめてたんだよね。アルファの私を生きていく限り、自分をただの女として愛してくれる人、私に何も期待せず、二人で一緒にいられさえすればいいと思ってくれる人。そんな人は現れっこないって、ため息ばっかりついてた。でもね。あなたのおかげであきらめるのは早い、あきらめたら終わりだって思えるようになった』

「私は何も……」

『欲しいものを手に入れるためには、時にはアルファの殻《から》を破る必要もあるってわかったし』

「アルファの殻？」

『理性のレールをはみ出ても気にしない、感情のままに行動しないと手が届かないものもあるってこと。たとえば、仕事があっても会いたい時には会いに行っちゃうとか、ね』

（もしかして……？　西條さんの欲しいものって？）

花蓮の脳裏に優一の顔が浮かんだが、まさか？　と驚く間もなく美紀は言った。

『貴臣との婚約は、この先もないわ』

「でも、貴臣さんの方はそのつもりでいるんじゃ……」

『それも絶対ないと思う』

断言する美紀に、花蓮はまたとっさに言葉が出てこなくなった。

美紀は花蓮に、貴臣の見舞いに駆けつける権利を譲ると言った。

『脅すわけじゃないけど、今あなたが動かなければ、二人の距離を縮めるチャンスは二度と巡って来ないかもしれない。だって、契約破棄したのには貴臣なりの正しい理由があるはずだもの。私みたいに殻を破って行動する思い切りが、あいつにあるかどうか』

そして、彼女はなんだか楽しげに——まるで友達と恋バナをする女子学生のように弾んだ声で言った。

『とっくの昔に女は耐えて待つ時代じゃないんだから。攻める時は覚悟を決めて攻めてかないと』

電話を切った花蓮は、スカーフに顎を埋めてゆっくりと歩きはじめる。地下鉄へ続く階段を下りながら、無意識のうちにまたそっと触れていた。首筋の、熱く疼くその場所に……。

美紀は貴臣を将来のパートナーには選ばないと言った。

(私にとってはすごく嬉しいニュースのはず)

だが、喜びと一緒に大きな迷いが胸に広がる。

欲しいのは、貴臣の心だった。

それが手に入らないのなら、たとえどんな理由があろうと再び貴臣と会うべきではなかった。辛いだけ、苦しいだけだ。必ず後悔する。

でも、だからと言って怪我をした貴臣を心配する気持ちを切り捨てられるわけではなかった。

(大丈夫だっていうの、信じていいのかな？　西條さんを心配させないためについた嘘だったら？　だけど……、暇を出した愛人がお見舞いに行ったら、かえって彼の具合が悪くなるかもしれない)

花蓮は何度もそう自分に言い聞かせたが、彼の無事を確かめに飛んで行きたい思いを抑えられそうになかった。

(どうしよう？　どうしたら？)

花蓮が自分のマンションの近くまで戻ってきた時だった。

「花蓮！」

「……え？」

驚いて大きくなった花蓮の目に、貴臣の姿が映った。

アルファの殻を破って行動しないはずの彼が、自分に向かって駆けてくるのが見えた。

「お前を拉致《らち》しにきた」

いきなりとんでもない言葉を投げつけられたと思うや、腕をつかまれ彼の車の助手席に押し込まれた。

（貴臣さん！）

まさに誘拐犯さながらの貴臣の行動に心のなかで声を上げながらも、花蓮は逆えなかった。その乱暴な腕を振り払えなかった。理由は花蓮の凝視《みつ》める先にあった。貴臣は頭に白さも痛々しい包帯を巻いていた。

「驚くことはないだろう。女たちが夢見るプリンス様には別の顔もある。俺にも悪いことができると言ったのは、お前じゃないか」

黒い高級車は目的地も告げられないまま走りはじめる。

「……これか？」

貴臣は花蓮の視線に気づいて、額の右側をチラリと見上げた。

「うっかりぶつけて切ったんだ」

美紀が言っていた事故というのは本当だったのだ。

「出歩いて大丈夫なんですか？」

ようやく出せた花蓮の声は掠れ、少し震えていた。

「何針か縫ったが、問題はない」

「本当に？　痛みませんか？」

「痛みはほとんどない。ただ……」

貴臣は言いよどんだ。しばらく黙っていたが、「体調はあまりよくない」と言った。

「怪我は関係ないんだ。その前から調子が悪かった」

花蓮はドキンとした。

石川の電話を思い出す。

『早瀬さんは聞いたことはありませんか？〝運命の番〟となるべく生まれた二人がヒート期に身体を重ねるうちに、非常に強い肉体的な結びつきが生まれるという話を』

交差点で貴臣は静かに車を停めた。黄色から赤色へ変わる信号機の色が、花蓮を余計に追いつめられた気分にさせる。

「お前はどうだ？　俺と離れて何か変化はないか？」

「いえ……」

「何もない？」

花蓮は膝の上に重ねた手を、思わず強く握りしめていた。嘘をつくこともできる。自分にとっては、そうした方がよいのかもしれない。だが、

「私もそうです。本調子とは言えません」

花蓮は正直に答えてしまっていた。

「そうか」

貴臣はそれきり黙ってしまった。

（どうして拉致なんですか？）

どんな状況下でも余裕を持って冷静に振る舞えるのがアルファの特性であり、プライドでもあると教えてくれたのは、貴臣自身だ。拉致などしなくても、もっとスマートな方法がほかにもあったはずだ。これがアルファの殻を破るということなら、アルファのなかでも抜きんでて優秀なアルファの貴臣がなぜそんな行動に走ったのか。花蓮に彼の心の内を想像するのは難しい。

けれど、自分のことならわかる。花蓮は感じているのだ。二度と会わないつもりだった貴臣との再会を、全身の細胞が震えるほどに喜んでいるのを。

手を伸ばせば触れられる近さにいる貴臣に、花蓮は身体まるごと反応していた。たとえるなら、磁石のS極とN極だ。すべての神経が彼の方へ彼の方へと引き寄せられ、二度と離れまいともがいている。必死にしがみつこうとしている。

早くあなたを捕まえたい。欠けたところを補って、二人の肉体《からだ》がひとつであることを、ただ抱きしめ合って確かめたい。独りで迎えたヒートをきっかけに生まれたその衝動が、今また大きく膨れ上がって花蓮を揺さぶっていた。

花蓮は目を伏せ、耐えている。首筋が燃えるように熱いのは、もはや気のせいなどではなかった。

番の約束を交わすこの場所がこんなふうに疼くのも、もしかしたらセンサーになっているのかもしれなかった。

彼との距離に敏感に反応する、オメガのセンサー。貴臣のそばに戻ってきたことを、身体が教えている。

花蓮は貴臣をそっと見た。

(貴臣さん、あなたは?)

もしも彼も同じ衝動を抱えているなら、二人の肉体が強く結びついている証なのだろうか。やはり自分たちは運命の番同士なのだろうか?


貴臣が花蓮を連れて行ったのは、都心の一等地に建つタワーマンションだった。泉グループが所有するという一室に向かうため、二人はエレベーターに乗り込んだ。

ほかに乗客のいない箱が上がりはじめた時だ。貴臣が振り返った弾みに、彼の指と花蓮の指が触れた。

「——!?」

ビリッと花蓮の全身が痺れた。まるで感電でもしたようだった。思わず顔を見合わせた貴臣も、きっと同じ感覚に襲われたのだろう。

驚きに見張られた花蓮の目は、やがてゆっくりと閉じられた。身体の隅々にまで広がった衝撃の余韻を味わうように、唇を割って熱い息が零れる。

エレベーターが着いた。扉が開くと同時に花蓮は貴臣に手を握られた。彼は半ば花蓮を引きずる乱暴さで歩きだす。

「貴臣さん！」

花蓮は懸命についていく。どんどん息は乱れ、恐ろしいほど熱気を帯びてくる。いつの間にか花蓮は、繋いだ手を強く握り返していた。そうせずにはいられなかった。

「花蓮！」

扉の閉まる音を聞いた時、花蓮はもう貴臣の腕のなかだった。

「花蓮！」

「貴臣さん……！」

花蓮の両手も貴臣をしっかりと抱きしめていた。

理屈ではなかった。

彼に飢えて飢えて、どうにも満たされない気持ち。

彼を求めて求めて、どこまでも追いかけずにはいられない気持ち。

花蓮を苦しめてきた衝動が大きく弾け砕け散り、高ぶっていた心が緩やかに解けていくのを感じる。そうするのが当たり前のように、二人はごく自然に唇を重ねた。

花蓮の閉じた瞼が震えている。

（すごく……気持ちがいい）

温かく心地好いものが、貴臣から流れ込んでくる。

ずっとこうしていたい。彼と離れている間、花蓮を苛んできた不安が、嘘みたいに引いていく。

（さっきまで、まるで身体の半分を失《な》くしてしまったみたいだった。私、息もできないぐらい寂しかったの）

世界の果てに独りぼっちで放り出されたようだった。

でも、すべては遠い昔になった。ふたつの肉体はひとつに溶け合い、一人の私たちになる。

（これもヒートなんだ）

貴臣との再会が引き起こしたヒートなのだ。花蓮が過去に経験したフェロモンによる発情とは違《もの》うヒート。肉欲を超え彼が欲しいと焦がれる、もっと高い次元にあるヒート。

「貴臣さん……」

（あなたもきっと、そう）

離れている間、貴臣も自分と同じ飢えや孤独に苛まれていたのだ。

「俺たちは番だな」

「……はい」

「番になるべく生まれたんだ」

花蓮はためらいもなく頷いていた。

いったい誰が自分たちを『運命の番』と断定できるのだろう？　彼と知り合ってから幾度もそんな思いに囚われてきたけれど、今ならはっきりとわかる。運命の相手を感じ取り、知ることができるのは自分たちだけ、ほかには誰もいないのだ。

花蓮は首筋にキスされ、息を止めた。彼との再会によって癒され解放された身体のなかで、この場所だけは違っていた。花蓮を苦しめていた疼きは、消えるどころかいっそう力を増している。まるで早く番になれと急かしているかのように。

「心配するな」

貴臣が緊張に強張った花蓮の背を撫でた。それだけでもう、涙が零れてしまいそうに優しい手だった。

「無理に噛んだりしない。愛する男としか番にならないと言ったお前の言葉は、忘れていない」

それでも二度、三度と首筋に口づけた彼の唇は名残惜しげにその場所を離れ、花蓮の髪に埋まった。

「わかっている。バース性で相手を選ばないお前には、アルファであることなど何の切り札にもならない。どんなに優秀だろうと、俺は無力だ」

「……貴臣さん？」

「たとえ俺がお前の運命の相手とわかっても、状況は変わらない。花蓮に愛されていないなら意味がない。お前とは番になれない」

花蓮は貴臣の胸で、彼の声にじっと耳を澄ませている。貴臣が何を話しはじめたのか。気持ちがうまくついていけずに、花蓮は戸惑っていた。

「昨日、思い切って彼に電話をしたんだ。お前と将来の約束をしているのか、どうしても確かめずにはいられなかった」

「……？」

「約束はしていないと聞いて、俺にもチャンスがあると思った。残された可能性がたとえ一パーセントだとしても」

（チャンス？　……何の？）

花蓮はとうとう顔を上げていた。話が少しも見えてこなかった。どうして彼はこんなにも苦しそうなのか。まるで胸に溜まったものを吐き出さずにはいられないような、追いつめられた口調だった。

「貴臣さん、彼って誰ですか？」

「花蓮の愛している男……羽村優一さんに決まっているだろう」

花蓮の口がポカンと開いた。とっさに言葉が出なかった。

「羽村さんは、突然の電話に驚いてはいたが、余裕だったな。『花蓮が誰を好きか、俺はとっくの昔に気づいています』と言っていた」

花蓮は、自分が寝ても覚めても恋をしている相手を見つめた。

優一との間でそんなやりとりをしていたとは、花蓮は驚いてしまったが、いったい彼は何を言い出したのか。

花蓮は貴臣の気持ちを知ろうと必死だった。

「どうして私がお兄……優一さんを好きだと思うんですか？」

「彼の話をする時の顔を見ればわかる」

「え……」

「大切な人だとも言ってたな」

確かに覚えはあった。でも、貴臣が考えているような意味で大切という言葉を使ったわけではなかった。

「花蓮が俺のところにいる間、彼とは電話やメールでやりとりをしていると聞いていた。だが、実際は俺には内緒で会っていたんだろう？」

貴臣は、花蓮が電話で優一と話しているのを偶然見てしまったのだという。

どうやら美紀の件で連絡を取った時のことらしい。貴臣は、花蓮が優一と密会の約束をしているものと勘違いしているようだった。

（――え？　待って待って。これじゃあまるで？）

まるで貴臣が優一を自分の恋人だと思い込み、嫉妬しているように聞こえる。ずいぶん前にもそう感じたことがあったが、あの時はとんだ自惚《うぬぼ》れだと恥ずかしかったのだが。

「花蓮……」

貴臣の手が花蓮の頬を包んだ。唇を重ねられたとたん、ヒートの熱がうねるように高まった。

「契約解消したのは、お前に幸せになってほしかったからだ。あの時は、本心からそう願っていた」

花蓮は全身で貴臣の言葉を聞いている。彼の心を知るために。

「アルファの性分で、俺は自分の行動に百パーセント自信を持ちたい。疑問点や不明点があれば放っておけないんだ。羽村さんに電話をしたのは、どうしても確かめたかったからだ。彼が本当に花蓮を幸せにしてくれるかどうか、彼の言葉で聞きたかった。だが、二人の間にはまだ何の約束も交わされていない、俺にもチャンスが残されていると知った瞬間、すべてが消し飛んだ」

苦しげに歪む彼の顔を、花蓮は見ている。

「俺は驚いたんだ。自分のなかにここまで激しい感情があるなど、思いもしなかった。花蓮には何度も気持ちを揺さぶられ振り回されて、でも契約解消を決めた時に、すべて抑え込めたと思っていた。花蓮への想いを誰にも覗かれない心の奥に封じることができた自負があった」

貴臣はその激しい感情を、理性をどんな武器に換えても通用しない怪物に例えた。

「どうしても花蓮が欲しい。花蓮を俺だけのものにしたい。花蓮の身も心も、誰にも指一本触れさせたくない。俺が封印したはずのお前への想いが、一気に溢れ出した」

自分の変化に驚いた貴臣は、思わず優一との電話を切っていた。しかし、見えない怪物をどうやっても心のなかから追い出せず、なだめることすらできずに、ついには解放してしまった。目に見えるもの、手に触れるものすべてに当たり散らした。気が済むまで暴れた後の部屋のなかは、元に戻すのに何日もかかりそうなほど酷いありさまだった。

「白状する。この額の傷は実は事故なんかじゃなくて、その時のものなんだ」

貴臣は花蓮を引き寄せ、強く抱きしめた。花蓮は震えた。花蓮の瞼の内にはもう、温かいものが溜まりはじめていた。

「愛しているという感情なんだろう？　ヒートでの渇望など比べものにならないぐらい苦しいこの気持ちを、そう呼ぶんだろう？」

これは夢だろうか？　素直に自惚れてもいいのだろうか？

「花蓮。お前が俺のものになると約束してくれるまで帰さない。そのつもりで攫《さら》ってきた」

「貴臣さん……」

「拉致したお前を監禁するぐらい、今の俺は平気でやってのけるぞ」

花蓮は貴臣の背にやっと両手を回した。腕のなかにいるこの人が夢でも幻でもないことを確かめたくて、苦しいほどに抱きしめてみる。

「……西條さんは？」

「彼女への気持ちは信頼と友情だ。今でははっきりとわかる」

「あなたには、『幸福の番』になれる特別なオメガがいるかもしれないのに……」

「この前も言っただろう？　どんなに可能性が低かろうが、もしそんなオメガがいるとしたら花蓮のほかにいない。俺はそう信じているんだ。でも、勘違いしないでくれ」

抱きしめる貴臣の手に、いっそう力が入る。

「スーパーオメガかどうかなど、関係ない。俺も羽村さんと同じだ。花蓮を一人の人間として——女性として見ている。花蓮を愛している」

（夢じゃない……）

貴臣の声はまだ、夢としか思えない言葉とともに花蓮の身体中に響いている。

「俺はまた泣かせたのか」

彼の後悔に満ちた呟きも、苦しそうにつくため息さえも嬉しかった。

「泣いても帰すわけにはいかないんだ。お前が俺の望みを叶えてくれるまではな」

花蓮はこれ以上涙が零れてしゃべれなくなる前に、心の奥に封じてきた想いを引っ張りだし、すべて貴臣の前に広げて見せなければならなかった。

「お兄ちゃんは、知っていました。たぶん、私が知るよりも先に私の気持ちを」

「お兄ちゃん？」

「そう呼べるほど優一さんを信頼し、頼りにしてきた私に、彼も子供の頃から本当の妹のように接してくれました」

「妹……？」

貴臣の抱きしめる力がふと緩んだ。

「不思議なんです。お兄ちゃんには昔から、なんでも見抜かれてしまうんです。時には、私がまだ知らない心のなかまで覗かれてしまう」

花蓮の瞳にぼやけて映る貴臣は、はっきりと驚きの表情を浮かべていた。

「貴臣さんに会ってすぐ、私はあなたを忘れられなくなったんです。自分がオメガであることを思い知らされたショックが大きかったのに、強く惹かれる気持ちがあった。でもそれはフェロモンが見せる紛い物かもしれないと、ずっと自分に言い聞かせていました」

瞬きするたび、睫毛が濡れた。

「お兄ちゃんに言われました。フェロモンがきっかけの出会いがあったっていいんだ。その人を好きになったら、アルファもオメガも関係ない。花蓮らしく一生懸命恋をすればいいって」

「彼を愛しているんじゃないのか……？」

花蓮は強く首を横に振った。そうではないことを伝えたくて、何度も振った。

「愛しています、貴臣さん。自分の気持ちを知ってからの私は、心のなかがいつもあなたでいっぱいでした」

高まる想いが新しい涙をゆっくりと押し上げてくる。

濡れた頬に口づけた唇が、花蓮に尋ねた。

「お前も俺を愛してる？」

「……はい……」

「俺だけのものにしてもいいのか？」

「……して……ほしいんです……」

花蓮は貴臣の胸に深く埋まり、もう頷くことしかできなかった。まるで素肌で抱き合ってでもいるように、二人の体温が混じりあっている。

「花蓮……」

瞼に触れる優しさを追いかけ、花蓮は彼を見上げた。静かに寄せられた彼の唇は、だが、キスを待つ花蓮の唇から逸れた。

「俺たちが愛し合っている証が欲しい」

熱のこもった囁きが、花蓮の首筋をくすぐる。

「番になりたい」

貴臣のその言葉を聞いた時――。花蓮は今度こそ長い間待ち焦がれていたものを抱きしめた気持ちになった。

「俺と番になってくれ」

花蓮は、

「嬉しい」

そのたった一言に、貴臣へのありったけの想いをこめた。

花蓮は少しだけ頭を傾げ、誓いの場所を彼に差し出した。

「花蓮、愛している。俺には生涯お前だけだ」

「――貴臣さん！」

触れては離れ、離れては触れ……。あやすような口づけが、やがては噛まれる痛みに変わる。薄い皮膚の裂けたところから、新しい血潮にも似た何かが流れ込む。花蓮の全身へと運ばれていく。

花蓮の唇が薄く開いた。

「……あぁ」

止めようとしても零れる喘ぎが教えている。痛みが悦びへと変わっていくのを。それは、花蓮が今まで味わったどんな快楽よりも深いエクスタシーだった。

（私はもう、彼一人のもの）

今この瞬間から、花蓮のフェロモンに反応し、お前が欲しいと抱きしめるアルファは、この世界にただ一人。

愛情で繋がれた貴臣だけになるのだ。

バース性から生まれる運命ではない。互いへの愛で繋がれたアルファとオメガこそが、花蓮にとっての最高の番。運命の番よりもはるかに強い絆で結ばれた、花蓮だけが知っている『幸福の番』だった。

繰り返し口づけられた花蓮の瞼が、熱を持って疼いている。貴臣のキスは瞼から頬へと流れ、すぐに唇に留まった。軽く重ねて、花蓮をあやす優しさで柔らかく吸った。

「……ん」

彼はキスの合間に零れる息さえも奪って自分のものにする。

「俺は花蓮と番になったら、真っ先にヒートしてないお前を抱きたいと思っていた。アルファもオメガも関係ない。俺は花蓮だから愛したんだと、証明したかった。フェロモンなどなくても俺がどれほどお前を欲しがっているか、こうして身体で伝えたかった」

ベッドの上の貴臣は、組み敷いた花蓮の瞳を覗き込むとそう熱く囁いた。

「貴臣さん……」

花蓮が抱きしめ返す両腕に力をこめると、重ねられた二人の裸身は少しの隙間もなくひとつになった。

「俺はもう……、あの忌ま忌ましい契約書に縛られることもない」

《オメガ性である私、早瀬花蓮は、アルファ性である泉貴臣と、バース性上の特異体質に基づいた愛人契約を交わします》

花蓮は、貴臣がヒートしていない自分を抱こうとしなかった理由を知った。契約書の冒頭に書かれた一文の意味など深く考えなかった花蓮とは違い、貴臣は誠実に守ろうとしたのだ。

社会の上位に立つアルファは、愛人といえども女性の意思を踏みにじった奴隷のような扱いをすべきではないというのが、貴臣の考え方だった。花蓮と知り合った頃の貴臣にとっては、正しく必要な条文だったのだ。しかし、花蓮との関係が変化するにつれ、貴臣の気持ちも変わっていった。

「契約書のせいで身動きがどんどんとれなくなっていった。花蓮を欲しいと思う気持ちのままに触れられないのが、苦しかった。俺はいつでもこうしたかったのに……」

貴臣は呼吸に合わせゆっくりと上下する花蓮の乳房に手を置いた。いつでも優しく触れてくる指先が、乳首を柔らかく押し潰す。淡く色づいた周りも一緒にくるくると、円を描くように苛められる。

「あぁ……」

左右の乳房を撫で回す彼の手の感触をひとつ残らず拾いたくて、花蓮は意識を集中した。やがて吐き出す息が甘ったれた喘ぎに変わりはじめる。

「……っ」

花蓮が腰を捩った。硬く身を縮めた乳首を二本の指の間で転がされ、短く尾を引く声が上がった。恥ずかしさに花蓮は俯いていた。

「我慢するなよ。声をもっと聞きたい」

花蓮の横顔に乱れた髪が張りついている。貴臣はそこから覗く火照った頬に、憑かれたようにキスをした。

「や……あ……」

どこをどう愛されても、甘ったるいものが下半身に溜まっていく。喘ぎが止まらなくなった花蓮を、貴臣は愛しげにさらに強く抱き寄せた。

どちらからともなく唇が深く重なった。舌がそっと忍び込んでくる。花蓮は初めて自分から舌を絡め、拙いながらも応えた。まるでそうすることでしか呼吸ができないような、海のなかで溺れるみたいに交わすキスは気持ちよかった。いつの間にか熱を帯び、蕩けかけている秘花にまでズキズキと響いた。

「あ……、貴臣……さ……」

積極的な心に引っ張られ、身体も一緒にぐんぐん昂っていくのがわかった。

「あっ」

彼の指が腿の付け根に潜り込んできた。閉じられた花を開いて、行き来をはじめた。すぐに蜜が溢れてくるのを感じた。

「や……あ……、駄目……」

意地悪な指は綻んだ花弁をさらに拡《ひろ》げるように動いた。花蓮は零れ続ける喘ぎを何とか呑み込もうとしたが、無駄だった。

「欲しい？」

花蓮は返事を知っているが、答えられない。

「俺が欲しい？」

滴るほどの蜜が、彼の手を汚している。黙っている花蓮に指は二本に増やされ、今までよりも強くそこを刺激された。腰が跳ね誘うようにうねるのを、花蓮は抑えられない。

「言ってくれないのか?」

答えを聞くまで許す気はないのだろう。貴臣は花蓮のこめかみに口づけ、甘える口調で迫った。

「俺の方は、ほら――こんなに欲しがってるのに」

貴臣は花蓮に自分の分身を重ねた。硬く張りつめた形までわかるほど強く押しつけられ、花蓮は一気に頭に血を上らせた。眩暈を起こしそうな花蓮に、

「握って」

貴臣がまた甘えてねだった。

「いいだろう? 初めてじゃないんだ」

長く情熱的なキスが、花蓮から無言のイエスを引き出す。花蓮はおずおずと指を伸ばした。ためらいの分だけ優しい花蓮の手に迎えられ、貴臣はとたんに低く声を洩らした。

「動かして」

花蓮は思い切って彼を握った指に力を入れた。

「花蓮……」

彼を包んだ手を上下に動かすだけの単調な愛撫だったが、貴臣は喜んでくれている。弾む息を隠そうともしない。

「快いよ、すごく……」

ちゃんと言葉にして伝えてくれるのも、嬉しかった。そんな彼を見ているだけで、花蓮もとても気持ちよくなれる。

「ヒートの時より感じているのがわかるか？」

花蓮の胸がハッと熱くなった。

「ヒートの時より俺はお前を欲しがっている」

（貴臣さん……！）

貴臣の一言が、花蓮の心を大きく揺さぶった。花蓮もヒートの時の自分がどうだったのか、思い出せないぐらい夢中になっていた。手のなかの重みがひたすら愛おしく、自分のものにしたくて堪らない。

花蓮は貴臣の頭を抱くと、火照った頰を重ねた。

「私も……あなたが……」

求める気持ちが素直に言葉になった。

「私もあなたが欲しい。ヒートの時よりも、もっとずっと……。だから、早くあなたをください」

貴臣は答える代わりに「愛している」と囁いた。

そして、花蓮に短いキスをすると、もう一度――「愛してる」と告げた。

胸が苦しいくらいに締めつけられる。

（どんなに欲しくても手が届かないと思っていたのに！）

焦がれ続けてきたその言葉を何度も聞かせてくれる彼の胸に、花蓮は自ら深く埋まった。燃えるように熱くなった場所を、互いに強く重ね合わせた。彼を求めて花蓮の脚は自然と開いた。

「愛してるんだ、花蓮」

花蓮の目尻に涙が浮いた。すぐに気づいて拭ってくれた貴臣に、

「違うの。夢みたいに幸せだから」

花蓮が小さく首を横に振ると、貴臣は言ってくれた。

「俺も同じだ」と。

貴臣は花蓮の額に優しくキスをしながら、大きく育った自分をゆっくりと進めた。花蓮は目を閉じ、自分のなかが彼で満たされていく感覚に酔っている。

「離れている間、頭のなかで何度もお前を抱いた」

そんな虚しい夜の行き場のなかった欲望までも埋めようとするように、貴臣が花蓮を貪りはじめる。ズキズキと疼く火照った路を激しく擦られるたび、快感の波がうねった。

「あ……は、あ……」

花蓮は幾度も小さな頂へ駆け上がっては、切なく喘いだ。

「花蓮……っ」

貴臣は大きく腰を回しては花蓮のなかを掻き回す。とめどなく溢れてくる蜜が濡れた音をたて、花蓮の頬を熱くした。

恥ずかしいのにどうしようもなく幸せだった。もっともっと幸せな気持ちにさせてほしかった。

「……んっ」

貴臣が自分を押し込むように身体を密着させた瞬間《とき》、花蓮の背がしなった。番の誓いを立てた場所がズクリと疼き、二人の身体がより深いところでひとつになった。ひと回りたくましくなった貴臣が大きな動きで花蓮を突くと、痺れるほどの快感が秘花を熱くした。もっと奥まで彼を迎えたくて、迫り上がる腰を花蓮は止められない。

「貴臣さん……私……もう……」

ふいに溢れてきた涙は温かく、花蓮の心までも濡らした。

「花蓮……」

言葉にできない想いのすべてを託すように、貴臣が花蓮の唇を塞いだ。

身体と心と、深い悦びが二人を繋いでいた。ヒートの時は昂る身体に引っ張られ、心が溢れてきた。だが今は心を身体が追いかけている。彼に愛され、彼を愛する喜びが大きくなればなるほど、肉体の悦びも高まっていくようだった。


「ご心配はいりません。一晩ゆっくり眠れば回復なさるでしょう」

生活感のほとんどないキッチンで、花蓮は大根を切る手を止め、昨夜聞いた貴臣の主治医の言葉を思い出していた。貴臣の秘書の石川が往診を手配してくれたのだ。

「――ええ……、はい。貴臣さんは今はベッドです。本人は心配ないと言うんですが、どうやら頭の傷が急に痛みはじめたらしくて。このままにしておいても本当に大丈夫でしょうか？　病院に連れて行かなくても？」

昨日遅く、急遽《きゅうきょ》、石川に連絡を取り、指示を仰いだのは花蓮だった。

『痛みが出る直前に何かありましたか？　酒を飲むとか激しい運動をするとか、誤って傷口をどこかにぶつけるとか』

石川の質問は、花蓮には少し返事に困ってしまうものだった。だが、貴臣の身体のことを思えば、黙っているわけにはいかなかった。

「今夜……、私たち番の儀式をしたんです」

花蓮は無意識のうちに、左の首筋に触れていた。その場所にはまだ、ほのかな熱と微かな疼きが残っていた。

石川はたぶん驚いているのだろう。少しの間、静かになった電話の向こうから次に聞こえてきたのは、嬉しさを隠しきれない、そんな声だった。

『おめでとうございます。本当によかった』

「ありがとうございます。それで……その……、儀式の後に私たち……」

花蓮がなぜ話すのをためらっているのか、石川はすぐに察してくれた。

『確かに。激しい運動と言えばそうですね』

冷静に返されるとかえって恥ずかしかったが、花蓮は熱くなる一方の頬やうなじと闘いながら、気がかりだったことを質問した。

「もしかして、儀式そのものが怪我を重くするということはないでしょうか？」

『いや……、どうでしょう？　関係ないとは思いますが、いずれにしろ心配ですね。わかりました。私の方で、今回の治療を担当している医師に診に行ってもらえるよう、手配します』

その後、往診で心配ないと言われたので、花蓮もひとまずほっとしていた。

『早瀬さん、貴臣様のこと、よろしくお願いいたします。番になったあなたがそばにいてくださるなら、私も安心です』

電話を切る時、自分たちが番になったことを心から祝福してくれる石川の気持ちに触れて、花蓮は嬉しかった。

（お兄ちゃんや西條さんも祝ってくれそうだけど、ほかの人たちはどうなんだろう？）

花蓮の料理をする手は止まったままだ。

花蓮が貴臣の愛人でいるうちは黙って見ていた者も、番となると話は違ってくるのではないだろうか。何しろ貴臣は、あの泉グループの次期トップなのだ。

（二人ともアルファのご両親も、息子の結婚相手にはアルファを望んでいるに決まっているし）

「お前だけだ」と言ってくれた貴臣だが、この先どうするつもりなのか。番である自分をそばに置き、一生結婚はしないつもりなのだろうか。

（私はそれでもいい。愛し合って番になったんだもの。妻にはなれなくても、彼と一緒にいられるだけで幸せ。全部を望んだら罰が当たる）

罰が当たって彼を失いたくない。だから、すべては望まない。この先、貴臣がどうしたいと想っているのか。答えを聞く勇気もまだ少し足りないから、彼に確かめるつもりもなかった。ただ、頭の隅っこでほんの時々、花嫁衣装を夢見ることだけ自分に許している。

花蓮は我に返って壁の時計を見上げた。七時半だ。

(起きてくるまで待った方がいいかなあ。あ、でも、飲まなきゃいけない薬もあるだろうし、八時になったら声をかけてみようか)

その頃には、お兄ちゃん直伝の品も用意できているはずだ。早瀬家の誰かが病気で寝込むとよく作りにきてくれた優一オリジナルの煮込みうどんは、たまごおじやと並んで花蓮のレパートリーに加わっていた。

「一晩眠れば大丈夫って言ってたけど、回復してなかったらどうしよう?」

もし、貴臣がこのまま仕事を休めるなら、世話をしてあげたいと思う。泉一族が都内のあちこちに幾つも所有しているという部屋は、ホテル代わりに使われているらしい。生活に必要なものはひと通り揃っていたが、貴臣が療養するなら、それらを使いこなす人間が必要だ。

(私でいいって言ってくれるかな。……くれるよね)

幸せになりたてほやほやの花蓮は、鏡に向かって「私が番相手です」と胸を張って言うのさえまだ気恥ずかしかった。ウエディングドレスを夢見るぐらいで丁度いいのだ。もしも奇跡が起こって花嫁になれたら、幸せすぎて心臓が爆《はじ》けてしまうかもしれなかった。

(——?)

花蓮はキッチンの入口を振り向いた。廊下を走る音があっという間に近づいてきた。

「花蓮!」

バンと勢いよく音をたて扉が開け放たれるや、貴臣が飛び込んできた。

「花蓮。俺を見てみろ！」

「どこか痛むんですか？　大丈夫？」

慌てて包丁を置いて近寄った花蓮に、

「俺を見ろ。見ればわかる」

貴臣は重ねて迫った。なぜか嬉しそうに声まで弾ませている。

「——えっ？」

花蓮の視線は貴臣の頭に吸い寄せられた。昨夜、医者がしっかり巻いて帰ったはずの包帯がなくなっていた。

「見ろ」

貴臣は乱れた前髪をかき上げ、花蓮に向かって顔を少し突き出すような姿勢を取った。

「昨日よりはるかにいい」

額の左隅に薄赤い線が斜めに走っていた。

「跡が残ると言われていたが、これなら明日には綺麗に消えるだろう。ありがとう、花蓮！　お前のおかげだ」

突然礼を言われ抱きすくめられて、花蓮は面食らった。

「俺の思った通りだ。お前が俺のスーパーオメガなんだ」

花蓮の肩が大げさではなく跳ねた。

「私が……？」

「お前が俺にどれほど大きな幸運をもたらしてくれるか、この傷が教えてくれた」

昨夜、往診してくれた医師はその可能性に触れ、明日の傷の回復具合で判明するだろうと言ったという。

「本当に？　私が……？」

「お前以外いるはずがない」

貴臣に断言されても、花蓮はまだ信じられなかった。彼とは反対に、自分がスーパーオメガである可能性はゼロに等しいと思っていたからだ。平々凡々、何ひとつ優れたところなどない自分のどこにそんなすごい力が眠っているというのか。イメージすらまったく湧かなかったのだ。

（私が彼のスーパーオメガ？　本当なの？）

喜びは遅れて潮のように満ちてきた。彼の寿命を延ばす自信はまだとてもないが、その身体になにかしらの良い贈り物ができるということだ。少なくとも激務の貴臣の健康を守る手助けはできそうだ。

愛した人に愛され、番になれた。彼のスーパーオメガであることもわかった。

花蓮は本当に嬉しかった。幸せだった。

（これ以上何かを望むなんて、欲張りすぎ。絶対罰が当たる）

花蓮は心の片隅にこっそりと掛けてあった純白のウエディングドレスを、見えないクローゼットの奥に仕舞い込んだ。

「花蓮――」

貴臣がちゅっと音をたてて花蓮の頬に口づける。貴臣は舞踏会でプリンスがプリンセスにするように、花蓮を両手で掲げるように持ち上げるなり告げた。

「結婚するぞ」

花蓮の両目が零れ落ちそうに大きくなった。束の間、胸の鼓動も打つのを忘れている。

「俺と結婚してくれ、花蓮」

「ほ……んき……ですか？」

「ああ」

「でも、私じゃ……」

「お前は俺のスーパーオメガなんだ。俺の両親も、これ以上の相手はいないときっと祝福してくれる」

「貴臣さん……」

花蓮の瞳に映った貴臣は微笑っていた。花蓮もかなわないぐらい幸せそうに見えた。

「誰にも反対はさせない。たとえ反対されても、俺はお前と結婚する」

花蓮はもう、声もなく彼を見つめるしかなかった。

「早瀬花蓮。お前は俺の妻になるんだ」

花蓮の両目がふわりと濡れた。もう一度愛する人の腕に包まれた時、震える声が溢れた。

やがて花蓮は少女のように泣きだしていた。

エピローグ　未来への扉

泉グループの次期ＣＥＯ、泉貴臣の婚約が発表されたのは、その年の十月に入ってすぐのことだった。同時に『スーパーオメガ』の存在も、世間に広く知れ渡るようになった。

「彼女と出会ってしまったんです。アルファ同士の結婚が理想だと信じてきた私の持論など、跡形もなく消し飛んでしまうほど、彼女を愛してしまった。それだけです」

婚約者の花蓮について尋ねられ答えた貴臣の言葉は、彼のファンの女性たちを絶望のどん底に叩き落としつつも、両目をピンクのハートマークに変えた。日頃の知的でクールな彼からは想像もできない、情熱的かつロマンチックな告白だったからだ。

貴臣の結婚相手と散々噂されてきた西條美紀までがコメントを求められ、「私も今、恋をしているので、優しい気持ちで彼を祝福できます」などと応じたものだから、芸能マスコミはしばらくネタに困らないほどの盛り上がりようだった。

「相手の方ですか？　ごめんなさい。まだ私の片想いだから、内緒なの。そばにいると気持ちが安らぐタンポポみたいな人です」

周囲の誰もが美紀の相手は貴臣に次ぐ優秀なアルファだと信じて疑っていないが、花蓮はもちろん気づいている。そのタンポポさんがどこの誰かも、彼の方も今では美紀を憎からず想っていることにも。

世間が自分たちの話題を退屈に感じるようになるまでは、屋敷のなかで過ごした方がいい。貴臣に勧められ別宅での暮らしに戻った花蓮は、その日、届いたばかりのウエディングドレスを時間が経つのも忘れて眺めていた。

スーパーオメガの肩書の効果は絶大だった。二人の結婚は、最難関と思われた貴臣の両親にもあっさり許された。特に娘が欲しかったという母親はとても喜んでくれ、花蓮を好意的に受け入れてくれた。

もちろん、花蓮の両親も大賛成だった。相手があの泉グループの御曹司・泉貴臣と知り、一瞬言葉も出ないほど驚いていたが、その貴臣が花蓮との結婚を祝福してほしいと自分たちの前で頭を下げるのを見て、それ以上に感激していた。社会的地位や経済的な豊かさを鼻にかけない誠実な人柄が垣間見えたと喜んでいた。

挙式に関わる必要な打ち合わせも、何の問題もなく進んでいる。どういうスタイルであげるのか、披露宴はどうするのかなどは、膨大な招待客が予想される泉家の意向に沿って決めることになった。ただし、花嫁衣装だけは貴臣と二人で選んだ。

（いつまでもここから離れたくない気分）

花蓮がうっとりと見とれるあまりついたため息は、いったいこれが何度目だろう。

トルソーのまとったクラシカルなデザインのウエディングドレスは、某有名デザイナーの一点もの。身頃とスカートの裾一面に、手の込んだ花の刺繍《ししゅう》が施されている。少し黄味がかった温かみのある白には、アンティークを思わせる優雅な趣《おもむき》があった。

まるで幸せな未来を象徴しているようだ。花蓮の目にドレスは、きらきらと眩《まばゆ》い光に包まれ映っている。本当にいつまで眺めていても飽きない。

「そんなに気に入ったのか？」

キッチンでゼリーを食べていたはずの貴臣が部屋に入ってきた。

「ええ。でも、あんまり素敵すぎて、ちゃんと着こなせるか少し不安が……」

「試着の時に確かめただろう。十分綺麗だったよ。俺も気に入っている。本番で着ているお前を早く見たいな」

貴臣は花蓮の隣に並んだ。ドレスに向けられた眼差しは満足そうだ。

「お色直しに選んだカラードレスもいいぞ。ローズレッドは花蓮の可愛さを引き立てる色だ」

花蓮の胸がとくんと鳴った。

「貴臣さんがそう言ってくれるなら」

可愛いとか綺麗とか。今までほとんど誰にも使ったことがないという言葉をよくかけてくれるようになった、貴臣。彼のそんなロマンチックな優しさも、世間の女性たちの抱いたイメージからは遠いに違いない。花蓮しか知らない貴臣の甘い横顔だ。

「ありがとう、花蓮」

花蓮は肩に手を回した彼を、不思議そうに見上げた。

「出会ったばかりの頃、そばにいるだけで抱きしめたくなった、すぐにキスしたくなったのは、フェロモンのせいじゃない。ただ花蓮に惹かれていたからだったのに、俺にはそんな自分の感情さえもまるで見えていなかった」

貴臣は言う。優秀なアルファ性は感情さえも完璧にコントロールできる。そう信じ込んでいた己の傲慢さに、オメガの花蓮が気づかせてくれたのだと。

心を制御できているのではない、自分は己の感情の豊かさにまだ触れていないだけなのだと、貴臣は悟ったのだ。

「オメガを知り、番の意味を考える機会をお前が与えてくれなければ、俺は愛し合う喜びを味わうこともないまま一生を終えていただろう。ありがとう、花蓮。お前に出会えてよかった」

「私こそ……」

花蓮は言葉をつまらせ、彼の肩にコトンと頭を寄せた。

「ずっと、オメガに生まれたことを不幸だと思ってきました。心の片隅で自分自身を卑下してきたんです。でも、貴臣さんと出会いあなたを好きになって、オメガであることと正面から向き合わなければならなくなった。私はあなたのおかげで、オメガの私を受け入れることができたんです。私はオメガの私を好きになれた」

貴臣が花蓮の肩を引き寄せ、額に口づける。やがてどちらからともなく唇を重ねていた。

「結婚したら、早く子供が欲しいな」

優しく長いキスの後の囁きには、花蓮の瞼をまた熱くするだけの力があった。

「俺はずっとアルファの子供はアルファでなければ意味がないなどと、およそ親になる資格のないことを考えていた。だが、今は違う。バース性がなんであろうと、俺には何よりも大切な存在だ。生まれる前からもう愛しい」

貴臣は花蓮を抱きしめた。

「俺と、俺が愛する花蓮の子供だからな」

これほど花蓮を幸せにする告白があるだろうか。彼は真実、花蓮のすべてを受け入れ、愛してくれたのだ。

「貴臣さん……！」

花蓮も貴臣の背に両腕を回し、捕まえた大きな幸せを強く抱きしめ返した。

アルファとオメガだけに許された奇跡みたいな愛を、花蓮はとうとう手に入れたのだ。

この作品は書き下ろしです。

あとがき

こんにちは、池戸裕子です。はじめましての方もそうでない方も、この度はたくさんある本のなかから私の作品を手に取ってくださり、ありがとうございました。

今回はなんと、『オメガバース』です！　男女のほかに、アルファ・ベータ・オメガの第二の性のある世界。

「聞いたことがないよ〜」という方もすんなり入っていけるよう、頑張って書いたつもりです。フェロモンが強烈に作用する関係で、惹かれあうのは本能か感情か？　主人公の花蓮と貴臣には、いろいろ悩んだり迷ったりしてもらいました。と言っても、ご安心ください。今回の私的テーマは『幸せオメガバース』なので、すれ違いながらも互いへの愛情が募っていく過程を、読者さんに焦れ焦れドキドキ楽しんでもらえる……はず！

挑戦しがいのあるテーマを書くチャンスを与えてくださった編集部様、ありがとうございました。美しく艶やかなイラストを描いてくださった天路ゆうつづ先生、嬉しかったです。ありがとうございました。

『オメガバース』は、ＴＬではまだ新しいジャンルです。これからどんどん盛り上がっていくといいですね。この物語のなかにももう一組、主人公たちとは違うバース・カップルが出てきますが、バース性の組み合わせによって悩みも苦労も喜びもそれぞれ違ってきそうです。そこがこのジャンルの一番の面白さかな。私も一読者として、今後の展開を楽しみにしています。皆様もぜひご一緒に、新しい世界へ参りましょう！

池戸裕子

ガブリエラブックスをお買い上げいただきありがとうございます。
池戸裕子先生・天路ゆうつづ先生へのファンレターはこちらへお送りください。

〒110-0016 東京都台東区台東4-27-5（株）メディアソフト
ガブリエラブックス編集部気付 池戸裕子先生／天路ゆうつづ先生 宛

gabriella books

MGB-014

次期CEOは運命のΩ《オメガ》を逃《の》がさない
つがいたちの寵愛契約

2020年9月15日 第1刷発行

著 者 池戸裕子

装 画 天路ゆうつづ

発行人 日向晶

発 行 株式会社メディアソフト
〒110-0016
東京都台東区台東4-27-5
TEL：03-5688-7559 FAX：03-5688-3512
http://www.media-soft.biz/

発 売 株式会社三交社
〒110-0016
東京都台東区台東4-20-9 大仙柴田ビル2階
TEL：03-5826-4424 FAX：03-5826-4425
http://www.sanko-sha.com/

印 刷 中央精版印刷株式会社

装 丁 小石川ふに（deconeco）

組 版 大塚雅章（softmachine）

ISBN 978-4-8155-4029-6